Antes de los dieciocho.
Antología de cuentos

Contemporánea
Narrativa

AA. VV.

ANTES DE LOS DIECIOCHO

ANTOLOGÍA DE CUENTOS

Selección de Mercedes Chozas

AUSTRAL

Planeta

PEFC Certificado

Este libro procede de
bosques gestionados
de forma sostenible

PEFC

PEFC/14-38-00305   www.pefc.es

*A mis alumnos, que casi siempre tienen menos de dieciocho,
y a Julia, que está a punto de cumplirlos*

ÍNDICE

LA IMAGINACIÓN

LA INOCENCIA

EL TRABAJO

EL FUTURO DESEADO

LA VIOLENCIA

LA MIRADA DE LOS MAYORES

INTRODUCCIÓN

El cuento es una de las primeras puertas para entrar en la literatura. Desde niños escuchamos cuentos que nos enseñan a hablar, a imaginar y a vivir. ¿Quién no ha pedido alguna vez que le contasen un cuento? ¿Quién no ha seguido con atención las peripecias que allí se narraban? ¿Quién no ha sentido que el «Había una vez» era una especie de «Ábrete Sésamo» que nos llevaba a un lugar donde cualquier cosa podía suceder?

¿Y qué sucede al abrir la puerta de los cuentos? Que nos introducimos en el mundo de la fantasía, en el espejo de la realidad y en el reino de las palabras. En el mundo de la fantasía donde pueden ocurrir los sucesos más extraordinarios o los más cercanos, desde el descubrimiento de un pueblo sumergido con todos sus habitantes adaptados a las aguas, hasta la transformación de una calabaza en carroza o de una alfombra en avión descapotable. ¿Y por qué no una historia de amor entre un chico de catorce años y una enfermera de veinte? ¿O el encuentro con un mundo desconocido al saltar la tapia del jardín? En el espejo de la realidad porque lo que ocurre en los cuentos es también lo que

nos ocurre a nosotros, pero en otros lugares y con otros actores; el miedo, el rencor, el agradecimiento, la felicidad o
el desánimo que sienten sus personajes es un reflejo de las
emociones que sentimos nosotros cuando nos enfrentamos
a situaciones parecidas. En el reino de las palabras pues se
trata de historias que existen gracias a las palabras. ¿Qué
pasaría si de repente desaparecieran las palabras? Enmude-
ceríamos y nos quedaríamos sin historias, sin emociones,
sin ideas, sin memoria... Por suerte existen las palabras y,
en especial, las de los cuentos, y no tenemos más que oírlas
o leerlas.

TIPOS DE CUENTOS

Los primeros cuentos que se conocen y que casi todos
hemos escuchado de pequeños son los *populares,* anóni-
mos y pertenecientes a una tradición muy antigua. Son
cuentos viajeros que van y vienen a través del tiempo, y se
escapan de un país a otro. Vagabundos los llama Ana María
Matute, porque se olvidan de dónde han nacido y se adap-
tan a los trajes y costumbres del sitio que los recibe. Cuentos como *Pulgarcito, El príncipe Sapo, La Bella Durmiente*
o *La Casita de Chocolate,* los podemos encontrar con otros
nombres en países muy alejados unos de otros. Con ellos
también viajamos nosotros. El viaje suele ser muy rápido,
desde el «Érase una vez» del principio, que nos traslada a
un tiempo remoto y a un territorio desconocido, hasta «y
fueron felices y yo me vine con un palmo de narices», que
deja nuestro ánimo en suspenso.

No es raro que, después de vagabundear durante muchísimo tiempo, surgieran otro tipo de cuentos, los *literarios,*
inventados y escritos por autores desde el Romanticismo.

No tan viajeros como sus abuelos, pero sí más libres, olvidan las fórmulas del comienzo y del final, se emancipan de las estructuras fijas, reducen las peripecias, invitan a todo tipo de personajes y tratan los asuntos más diversos. Nace, así, un nuevo género que podría definirse como una narración breve e intensa, con un alcance que ilumina bruscamente la anécdota y la llena de significado. Ana María Matute ha afirmado que todo cuento debe ser redondo y jugoso como una naranja, y hondo y profundo como una navaja.

LA ANTOLOGÍA

Esta antología reúne cuentos literarios, inventados y escritos por grandes narradores de los siglos XIX y XX. Su centro de interés son los protagonistas, que son tan jóvenes que ninguno sobrepasa los dieciocho años. Todos están haciéndose mayores y aprendiendo a vivir mientras crecen. El conjunto de los cuentos se agrupa por los temas más cercanos a la educación sentimental de los personajes. ¿Por qué esta selección? La primera razón son los lectores a los que va dirigida, que quizá tengan la misma edad que estos personajes; la segunda, que una profesora de Lengua y Literatura de enseñanza secundaria piensa precisamente en los estudiantes a los que da clase para elegir los cuentos. No pretende ni ser una guía de conducta ni abarcar todos los conflictos que van surgiendo en la vida, pero sí mostrar las experiencias fundamentales por las que pasan los adolescentes: el descubrimiento del amor, la crueldad, la despedida de la infancia, el desengaño, la fantasía para hacer trastadas, la dureza del trabajo, la vocación para el futuro, la fortaleza de la personalidad, el encuentro con la muerte y la relación con los adultos.

He dejado para el final la última razón que me ha hecho elegir estos cuentos: y es que tengo la certeza de que su lectura acompaña, alivia, enardece, duele, serena, desahoga, provoca, alegra o indigna; en una palabra, emociona, y ésa es la puerta que hay que abrir para pasearse por la literatura y hacerse mayores.

MERCEDES CHOZAS

EL AMOR

DEJAR A MATILDE

Alberto Moravia (Roma, 1907 – íd., 1990) es el seudónimo de Alberto Pincherle. Su primera novela, *Los indiferentes* (1929), le hizo saltar a la fama en Italia. Sin embargo, otra novela suya, *La mascarada* (1941), una sátira sobre los dirigentes fascistas ambientada en la Segunda Guerra Mundial, fue prohibida y Moravia tuvo que esconderse para escapar de la prisión. Escritor polémico por su valentía al indagar en los bajos fondos y en la conducta social. Entre sus novelas más importantes figuran *La Romana* (1947), *La campesina* (1959) y *La mentira*. Y entre sus colecciones de cuentos: *El amor conyugal y otros cuentos* (1949) y *Cuentos romanos* (1954).

Esta versión del relato *Dejar a Matilde* procede de la antología de cuentos titulada *Relatos italianos del siglo* XX, publicada por Alianza Editorial.

Un amigo mío camionero ha escrito en el cristal del parabrisas: «Mujeres y motores, alegrías y dolores». No digo yo que no tenga sus buenas razones para decir que los dolores y las alegrías que le procuran las mujeres tengan más o menos el mismo peso en la balanza de su vida. Digo que, al menos por lo que se refiere a Matilde y a mí, esa balanza andaba muy desequilibrada: por un lado, muy alto, el platillo de las alegrías; por otro, muy bajo, el platazo de los dolores. De modo que, al final, tras un año de noviazgo de puras peleas, incumplimientos de palabra, bribonadas y traiciones, decidí dejarla a la primera oportunidad.

La oportunidad llegó pronto, una noche que le había citado en la plaza Campitelli, cerca de su casa. Esa noche Matilde, simplemente, no vino. Advertí entonces, tras una horita de espera, que sentía más alivio que disgusto, y comprendí que había llegado el momento de la separación. Incierto entre un dolor amargo y una satisfacción agraz [1], medio contento y medio desesperado, me fui a casa y me acosté enseguida. Pero antes de apagar la luz me santigüé, solemne, y dije en voz alta: «Esta vez se acabó, vaya si se acabó». Este juramento hay que decir que me calmó, porque dormí de corrido nueve horas y sólo me desperté por la

---

[1] Penosa, agria.

mañana cuando mamá vino a avisarme de que preguntaban
por mí al teléfono.

Fui al teléfono, al apartamento de enfrente, de una mo-
dista amiga. De inmediato, la vocecita dulce de Matilde:

—¿Cómo estás?

—Estoy bien —contesté, duro.

—Perdóname por ayer noche..., pero no pude, de verdad.

—No importa —le dije—, así que adiós... Nos veremos
mañana... Te diré una cosa...

—¿Qué cosa?

—Una cosa importante.

—¿Una cosa buena?

—Según... Para mí, sí.

—¿Y para mí?

Dije tras un momento de reflexión:

—Claro, también para ti.

—¿Y qué cosa es?

—Te la diré mañana.

—No, dímela hoy.

—No me mates...

—Está bien... ¿Sabes por qué te he telefoneado hoy? Porque hace un día precioso, es fiesta, y podríamos ir en moto
al mar. ¿Qué te parece?

Me quedé incómodo porque no me esperaba esa pro-
puesta tan cariñosa, hecha con una voz tan dulce. Después
pensé que, en el fondo, tanto daba hoy como mañana: iría-
mos a la playa y yo, en lo mejor, le diría que la dejaba y así
me vengaría también un poco. Dije:

—Está bien, dentro de media hora paso a buscarte.

Fui a recoger el ciclomotor y luego, a la hora fijada, me
presenté en casa de Matilde y le silbé para llamarla, como
de costumbre. Se precipitó enseguida abajo, lo noté; normalmente me hacía esperar Dios sabe cuánto. Mientras corría

hacia mí atravesando la plaza, la miré y me di cuenta una
vez más de que me gustaba: bajita, dura, morenísima, con
la cara ancha por abajo como un gato, la boca sombreada
de pelusilla, los ojos negros, astutos y vivos, el pelo muy
cortito, tan espeso y tan bajo sobre la frente que evocaba el
pelamen de un animal salvaje. Pero pensé: «Desde luego
que me gusta, me gusta mucho, pero la dejo», y advertí con
alivio que la idea no me turbaba en absoluto. Cuando la
tuve delante, todavía jadeando por la carrera, me preguntó
enseguida con voz tierna:

—¿Qué? ¿Aún estás enfadado por lo de ayer?

Contesté huraño:

—Vamos, monta.

Y ella, sin más, subió al sillín de la moto agarrándose a
mí con las dos manos. Salimos.

Una vez en la *via* Cristoforo Colombo, entre los muchos
automóviles y motos del día festivo, con el sol que ya quemaba, empecé a pensar sañudamente[2] en lo que debía hacer. ¿Cuándo tenía que decirle que la dejaba? Al principio
pensé que se lo diría en cuanto llegásemos a la playa, para
estropearle la excursión y a lo mejor traerla inmediatamente
después a Roma: una idea vengativa. Pero después, pensán-
dolo mejor, me dije que, a fin de cuentas, también me estro-
pearía la excursión a mí mismo. Mejor, pensé, disfrutar de
la vida y —¿por qué no?— de Matilde hasta cierto momento, digamos que hasta las dos, después de comer. O
bien, incluso, esperar al final de la excursión y decírselo
mientras regresábamos, por esta misma *via* Cristoforo Colombo, sin volverme, así, como por azar. O incluso también
esperar a llegar a Roma y decírselo en la puerta de su casa:

---

[2]   Con furia y cólera.

«Adiós, Matilde. Te digo adiós porque hoy ha sido la última vez que hemos estado juntos». Entre tantas ideas no sabía cuál escoger: al final me dije que no debía hacer planes; en el momento oportuno, no sabía cuál, se lo diría. Entre tanto Matilde, como si hubiera adivinado mis reflexiones, se apretaba fuerte a mí, e incluso me había cogido con la mano la piel del brazo, como pellizcándome, con ese pellizco que se llama mordisco de asno, y que en ella era una demostración de afecto. La oí, después, decirme al oído, con una voz alegre y tierna:

—¡Eh! ¿Sabes que tienes que ir al peluquero? Con tanto pelo ni hay sitio para un beso.

Digo la verdad, esas palabras y el pellizco me hicieron cierto efecto. Pero de todas formas pensé: «Sigue, sigue... Ya es demasiado tarde».

Una vez en Castelfusano cogí hacia Torvaianica, donde sabía que no había balnearios, que sólo agradan a quienes van al mar a ponerse morenos, sino nada más que matorrales y la playa desierta. Al llegar a un sitio muy solitario, con un monte bajo que pululaba, verde e intrincado, por el declive hasta la tira blanca de la playa, dejé la moto en el borde del camino; y después corrimos juntos a más no poder por los senderos, rodeando los gruesos arbustos batidos por el viento, hasta el mar. La llevaba de la mano, pero este gesto cariñoso lo había impuesto ella; y yo la dejé hacer; así me sentí de nuevo enternecido, como en los buenos tiempos en que la quería. Pero me di cuenta de que seguía decidido a dejarla, y esto me devolvió la confianza.

—Voy a desnudarme detrás de aquella mata —dijo ella—. No mires.

Y yo me pregunté si no sería cosa de decírselo ahora; recibiría la ducha fría justo en el momento en que estaba desnuda, llena de la felicidad que le daba aquel sitio tan bonito y la excursión al mar. Pero cuando me volví hacia ella y vi asomar por la mata sus hombros delicados, con los brazos levantados, y quitarse la falda por la cabeza, se me fueron las ganas. Tanto más cuanto que ella decía, siempre con su voz cariñosa:

—Giulio, no te creas que no me doy cuenta; me estás mirando.

Así fuimos a tumbarnos en la arena, yo boca abajo y ella hacia arriba, con la cabeza en mi espalda como en un cojín. El sol quemaba mi espalda, la arena me quemaba el pecho y su cabeza me pesaba en la espalda, pero era un dulce peso. Ella dijo, tras un largo silencio:

—¿Por qué estás tan callado? ¿En qué piensas? Y yo contesté espontáneamente:

—Pienso en lo que tengo que decirte.

—Pues dilo.

Estaba a punto de decirlo de veras cuando ella, voluble como las mariposas que vuelan de una flor a otra y nunca se dejan coger, dijo de pronto:

—Mira, mientras tanto úntame los hombros, que no quiero quemarme.

Renuncié una vez más a hablar y, cogiendo el frasquito del aceite, le unté la espalda desde el cuello a la cintura. Al final, ella anunció:

—Me duermo. ¡No me molestes!

Y me quedé turulato de nuevo, pensando que, en el fondo, no le importaba nada saber lo que quería decirle.

Matilde durmió quizás una hora; después se despertó y propuso:

—Caminemos a lo largo del mar. Es pronto para bañarse, pero al menos quiero mojarme los pies en el agua.

Volvió a cogerme de la mano y juntos corrimos a través de la playa hacia la orilla. Las olas eran grandes y ella, siempre de mi mano, empezó a dar carreritas hacia adelante y hacia atrás, según las olas avanzaran o refluyeran entre un viento que soplaba con fuerza, gritando de alegría cada vez que una ola, más rápida que ella, la embestía y le subía hasta media pierna. No sé por qué, al verla tan feliz, me dieron unas ganas crueles de estropearle la felicidad y grité fuerte, para superar con la voz el estruendo del mar: «Ahora te digo esa cosa». Pero ella, de forma imprevista, me abrazó repentinamente con fuerza diciéndome: «Cógeme en brazos y llévame al medio del agua, inténtalo, pero no me dejes caer». De modo que la cogí en brazos, que pesaba mucho aunque era pequeña, y avancé un poco entre toda aquella confusión de olas que se cruzaban, montaban unas sobre otras y refluían. Mientras tanto me preguntaba por qué ella había hecho este gesto; y concluí diciéndome que, con su intuición femenina, había adivinado que lo que quería decirle no le iba a gustar. Ahora, desvanecido el peligro de oírme decir aquella cosa, me invitaba a volver a la orilla. Volví y la dejé con delicadeza en la arena; me dio un beso en la mejilla, diciendo:

—Y ahora comamos.

Abrimos el paquete del almuerzo y comimos los bocadillos de ternera que mi madre me había preparado. Después, durante dos horas, siempre la misma canción. Yo tenía en la punta de la lengua lo que quería decirle, pensaba decírselo porque el momento me parecía favorable, estaba a punto de decirlo cuando ella, de pronto, me hablaba de forma cariñosa o hacía un gesto imprevisto, o incluso me quitaba la palabra de la boca. Varias veces me volvió la idea de una de esas mariposas blancas de la col, que en primavera son las primeras y las más inasibles, feliz de quien consigue echarles mano. Después, cuando ya desesperaba de llegar a mi declaración, me propuso de golpe y porrazo:

—Bueno, dime ahora esa cosa.

Estaba a punto de abrir la boca cuando ella gritó:

—No, no me la digas, espera, déjame adivinarla. Veamos: ¿quieres decirme que me quieres mucho?

—No —respondí.

—¿Entonces quieres decirme que soy muy mona y te gusto?

—No.

—Entonces, ¿que nos casaremos pronto?

—No.

—Éstas son las tres únicas cosas que me interesan —dijo ella sacudiendo la cabeza—. Basta, no quiero saber nada.

—No, tengo que decirte que...

Pero ella, tapándome la boca con la mano:

—Chitón, si quieres que te dé un beso.

¿Qué podía hacer yo? Me quedé callado; y ella quitó la mano y puso sus labios, en un beso largo que me pareció sincero.

Al final habíamos hecho de todo: tomado el sol, dormido, un semibaño, habíamos hablado; pero no le había dicho aquella cosa y ya sólo nos quedaba irnos. De modo que nos vestimos cada uno detrás de su mata y yo una vez más, mientras me metía los pantalones, pensé que ése era el momento adecuado. Me levanté y dije con voz natural:

—Lo que quería decirte, Matilde, es esto: he decidido dejarte.

Pronunciadas estas palabras miré hacia la mata tras la que ella se ocultaba, pero no vi nada. El viento ahora soplaba más fuerte que nunca y sólo se oían, en aquel lugar desierto, la voz del viento, baja y modulada, y el estruendo del mar. Matilde parecía que no estaba, como si mis palabras la hubieran hecho desvanecerse en el aire, como los

torbellinos de arena que el viento levantaba sin tregua de
las dunas blancas y empujaba hacia arriba, hacia el monte
bajo. Dije: «Matilde», pero no obtuve respuesta. Grité entonces: «¡Matilde!», y tampoco contestó. Inquieto, incluso
un poco asustado, pensando que, quién sabe, estuviera llorando de dolor, o quizá se hubiera desmayado, me puse a
toda prisa la camisa y corrí hacia la mata detrás de la cual
debería estar. No estaba: en la arena no vi más que su bolso
y sus zapatitos rojos. Pero justo en el momento en que me
volvía llamándola, la sentí que se me echaba encima con
violencia, hasta el punto de que no pude aguantar en pie y
caí boca arriba, con ella. Matilde ahora se sentaba a horca-
jadas en mi pecho y me decía:

—Repite lo que has dicho. Vamos, repítelo.

La arena me soplaba en la cara, punzante; ella reía sin
parar y yo por fin contesté, flojo:

—Bueno, no lo repito, pero déjame en paz. Pero ella no
se levantó enseguida y dijo:

—¿Y eso era todo? Te digo la verdad, creía que era algo
más importante.

Después me soltó; me levanté yo también y, de repente,
advertí que estaba contento de habérselo dicho y de que no
lo hubiera tomado en serio y se lo tomara como una de las
muchas bobadas que se pueden decir entre enamorados. En
resumen, volvimos a subir la pendiente cogidos de la cintura. Y yo le dije que la quería mucho; y ella me contestó,
ya un poco reservada, porque no se temía que la dejara:
«También yo». Poco después corríamos de nuevo por la *via*
Cristoforo Colombo.

Pero al llegar a su casa me dijo, cogiéndome la mano:

—Giulio, ahora es mejor que no nos veamos unos días.

Me sentí casi desfallecer y, consternado, exclamé:

—Pero ¿por qué?

Y ella, con una buena carcajada:

—He querido hacer una prueba. Querías dejarme, ¿eh? Y luego, sólo ante la idea de no verme unos días, pones una cara así de triste. Está bien, nos vemos mañana.

Corrió hacia arriba y yo me quedé como un bobo, mirándola alejarse.

LA SEÑORITA CORA

Julio Cortázar (Bruselas, 1914 – París, 1984). Escritor argentino que vivió en París desde su juventud hasta su muerte, autor de numerosos cuentos en los que, con rara habilidad, nos hace saltar desde lo cotidiano a lo fantástico e insólito, y de una gran novela, *Rayuela,* una de las obras más innovadoras de la narrativa hispanoamericana de los años sesenta. Además de la audacia técnica y experimental, en sus obras se aprecia la gran hondura psicológica, el humor y la ternura de sus personajes. Sus colecciones de cuentos más importantes: *Bestiario, Todos los fuegos el fuego, Historias de cronopios y de famas.*

Este relato está tomado de la colección de cuentos titulada *Todos los fuegos el fuego,* publicada en 1971 por la editorial Edhasa.

We'll send your love to college, all for
[a year or two,
And then perhaps in time the boy will
[do for you.

The trees that grow so high.
(Canción folclórica inglesa.)

No entiendo por qué no me dejan pasar la noche en la clínica con el nene, al fin y al cabo soy su madre y el doctor
De Luisi nos recomendó personalmente al director. Podrían
traer un sofá cama y yo lo acompañaría para que se vaya
acostumbrando, entró tan pálido el pobrecito como si fueran a operarlo enseguida, yo creo que es ese olor de las clínicas, su padre también estaba nervioso y no veía la hora de
irse, pero yo estaba segura de que me dejarían con el nene.
Después de todo tiene apenas quince años y nadie se los daría, siempre pegado a mí aunque ahora con los pantalones
largos quiere disimular y hacerse el hombre grande. La impresión que le habrá hecho cuando se dio cuenta de que no
me dejaban quedarme, menos mal que su padre le dio
charla, le hizo poner el piyama[1] y meterse en la cama.

---

[1] Anglicismo muy usado en el español de América para referirse a
pijama.

Y todo por esa mocosa de enfermera, yo me pregunto si verdaderamente tiene órdenes de los médicos o si lo hace por pura maldad. Pero bien que se lo dije, bien que le pregunté si estaba segura de que tenía que irme. No hay más que mirarla para darse cuenta de quién es, con esos aires de vampiresa y ese delantal ajustado, una chiquilla de porquería que se cree la directora de la clínica. Pero eso sí, no se la llevó de arriba, le dije lo que pensaba y eso que el nene no sabía dónde meterse de vergüenza y su padre se hacía el desentendido y de paso seguro que le miraba las piernas como de costumbre. Lo único que me consuela es que el ambiente es bueno, se nota que es una clínica para personas pudientes; el nene tiene un velador [2] de lo más lindo para leer sus revistas, y por suerte su padre se acordó de traerle caramelos de menta que son los que más le gustan. Pero mañana por la mañana, eso sí, lo primero que hago es hablar con el doctor De Luisi para que la ponga en su lugar a esa mocosa presumida. Habrá que ver si la frazada [3] lo abriga bien al nene, voy a pedir que por las dudas le dejen otra a mano. Pero sí, claro que me abriga, menos mal que se fueron de una vez, mamá cree que soy un chico y me hace hacer cada papelón. Seguro que la enfermera va a pensar que no soy capaz de pedir lo que necesito, me miró de una manera cuando mamá le estaba protestando... Está bien, si no la dejaban quedarse qué le vamos a hacer, ya soy bastante grande para dormir solo de noche, me parece. Y en esta cama se dormirá bien, a esta hora ya no se oye ningún ruido, a veces de lejos el zumbido del ascensor que me hace acordar a esa película de miedo que también pasaba en una

---

[2] Lamparita de mesa.
[3] Manta, palabra muy usada en el español de América.

clínica, cuando a medianoche se abría poco a poco la puerta y la mujer paralítica en la cama veía entrar al hombre de la máscara blanca...

La enfermera es bastante simpática, volvió a las seis y media con unos papeles y me empezó a preguntar mi nombre completo, la edad y esas cosas. Yo guardé la revista enseguida porque hubiera quedado mejor estar leyendo un libro de veras y no una fotonovela, y creo que ella se dio cuenta pero no dijo nada, seguro que todavía estaba enojada por lo que le había dicho mamá y pensaba que yo era igual que ella y que le iba a dar órdenes o algo así. Me preguntó si me dolía el apéndice, y le dije que no, que esa noche estaba muy bien. «A ver el pulso», me dijo, y después de tomármelo anotó algo más en la planilla[4] y la colgó a los pies de la cama. «¿Tenés hambre?», me preguntó, y yo creo que me puse colorado porque me tomó de sorpresa que me tuteara, es tan joven que me hizo impresión. Le dije que no, aunque era mentira porque a esa hora siempre tengo hambre. «Esta noche vas a cenar muy liviano», dijo ella, y cuando quise darme cuenta ya me había quitado el paquete de caramelos de menta y se iba. No sé si empecé a decirle algo, creo que no. Me daba una rabia que me hiciera eso como a un chico, bien podía haberme dicho que no tenía que comer caramelos, pero llevárselos... Seguro que estaba furiosa por lo de mamá y se desquitaba conmigo, de puro resentida; qué sé yo, después que se fue se me pasó de golpe el fastidio, quería seguir enojado con ella pero no podía. Qué joven es, clavado que no tiene ni diecinueve años, debe haberse recibido de enfermera hace muy poco. A lo mejor viene para traerme la cena; le voy a preguntar cómo

---

[4]   Hoja donde se apuntan las incidencias diarias del enfermo.

se llama, si va a ser mi enfermera tengo que darle un nombre. Pero en cambio vino otra, una señora muy amable vestida de azul que me trajo un caldo y bizcochos y me hizo tomar unas pastillas verdes. También ella me preguntó cómo me llamaba y si me sentía bien, y me dijo que en esta pieza dormiría tranquilo porque era una de las mejores de la clínica, y es verdad porque dormí hasta casi las ocho en que me despertó una enfermera chiquita y arrugada como un mono pero muy amable, que me dijo que podía levantarme y lavarme pero antes me dio un termómetro y me dijo que me lo pusiera como se hace en estas clínicas, y yo no entendí porque en casa se pone debajo del brazo, y entonces me explicó y se fue. Al rato vino mamá y qué alegría verlo tan bien, yo que me temía que hubiera pasado la noche en blanco el pobre querido, pero los chicos son así, en la casa tanto trabajo y después duermen a pierna suelta aunque estén lejos de su mamá que no ha cerrado los ojos la pobre. El doctor De Luisi entró para revisar al nene y yo me fui un momento afuera porque ya está grandecito, y me hubiera gustado encontrármela a la enfermera de ayer para verle bien la cara y ponerla en su sitio nada más que mirándola de arriba abajo, pero no había nadie en el pasillo. Casi enseguida salió el doctor De Luisi y me dijo que al nene iban a operarlo a la mañana siguiente, que estaba muy bien y en las mejores condiciones para la operación, a su edad una apendicitis es una tontería. Le agradecí mucho y aproveché para decirle que me había llamado la atención la impertinencia de la enfermera de la tarde, se lo decía porque no era cosa de que a mi hijo fuera a faltarle la atención necesaria. Después entré en la pieza para acompañar al nene que estaba leyendo sus revistas y ya sabía que lo iban a operar al otro día. Como si fuera el fin del mundo, me mira de un modo la pobre, pero si no me voy a morir, mamá, haceme un poco el favor. Al Cacho le sacaron el apéndice en el hospital y a los seis días ya estaba queriendo jugar al fútbol. Andate tranquila que estoy muy bien y no me falta nada. Sí, mamá, sí, diez minutos queriendo saber si me duele aquí o más allá, menos mal que se tiene que ocupar de mi hermana en casa, al final se fue y yo pude terminar la fotonovela que había empezado anoche.

La enfermera de la tarde se llama la señorita Cora, se lo pregunté a la enfermera chiquita cuando me trajo el almuerzo; me dieron muy poco de comer y de nuevo pastillas verdes y unas gotas con gusto a menta; me parece que esas gotas hacen dormir porque se me caían las revistas de la mano y de golpe estaba soñando con el colegio y que íbamos a un picnic con las chicas del normal como el año pasado y bailábamos a la orilla de la pileta, era muy divertido. Me desperté a eso de las cuatro y media y empecé a pensar en la operación, no que tenga miedo, el doctor De Luisi dijo que no es nada, pero debe ser raro la anestesia y que te corten cuando estás dormido, el Cacho decía que lo peor es despertarse, que duele mucho y por ahí vomitás y tenés fiebre. El nene de mamá ya no está tan garifo[5] como ayer, se le nota en la cara que tiene un poco de miedo, es tan chico que casi me da lástima. Se sentó de golpe en la cama cuando me vio entrar y escondió la revista debajo de la almohada. La pieza estaba un poco fría y fui a subir la calefacción, después traje el termómetro y se lo di. «¿Te lo sabés poner?», le pregunté, y las mejillas parecían que iban a reventársele de rojo que se puso. Dijo que sí con la cabeza y se estiró en la cama mientras yo bajaba las persianas y encendía el velador. Cuando me acerqué para que me diera el

---

[5]   Vistoso, despierto, espabilado.

termómetro seguía tan ruborizado que estuve a punto de reírme, pero con los chicos de esa edad siempre pasa lo mismo, les cuesta acostumbrarse a esas cosas. Y para peor me mira en los ojos, por qué no le puedo aguantar esa mirada si al final no es más que una mujer, cuando saqué el termómetro de debajo de las frazadas y se lo alcancé, ella me miraba y yo creo que se sonreía un poco, se me debe notar tanto que me pongo colorado, es algo que no puedo evitar, es más fuerte que yo. Después anotó la temperatura en la hoja que está a los pies de la cama y se fue sin decir nada. Ya casi no me acuerdo de lo que hablé con papá y mamá cuando vinieron a verme a las seis. Se quedaron poco porque la señorita Cora les dijo que había que prepararme y que era mejor que estuviese tranquilo la noche antes. Pensé que mamá iba a soltarle alguna de las suyas pero la miró nomás de arriba abajo, y papá también pero yo al viejo le conozco las miradas, es algo muy diferente. Justo cuando se estaba yendo la oí a mamá que le decía a la señorita Cora: «Le agradeceré que lo atienda bien, es un niño que ha estado siempre muy rodeado por su familia», o alguna idiotez por el estilo, y me hubiera querido morir de rabia, ni siquiera escuché lo que le contestó la señorita Cora, pero estoy seguro de que no le gustó, a lo mejor piensa que me estuve quejando de ella o algo así.

Volvió a eso de las seis y media con una mesita de esas de ruedas llena de frascos y algodones, y no sé por qué de golpe me dio un poco de miedo, en realidad no era miedo pero empecé a mirar lo que había en la mesita, toda clase de frascos azules o rojos, tambores de gasa y también pinzas y tubos de goma, el pobre debía estar empezando a asustarse sin la mamá que parece un papagayo endomingado, le agradeceré que atienda bien al nene, mire que he hablado con el doctor De Luisi, pero sí, señora, se lo vamos a atender como a un príncipe. Es bonito su nene, señora, con esas mejillas que se le arrebolan apenas me ve entrar. Cuando le retiré las frazadas hizo un gesto como para volver a taparse, y creo que se dio cuenta de que me hacía gracia verlo tan pudoroso. «A ver, bajate el pantalón del piyama», le dije sin mirarlo en la cara. «¿El pantalón?», preguntó con una voz que se le quebró en un gallo. «Sí, claro, el pantalón», repetí, y empezó a soltar el cordón y a desabotonarse con unos dedos que no le obedecían. Le tuve que bajar yo misma el pantalón hasta la mitad de los muslos, y era como me lo había imaginado. «Ya sos un chico crecidito», le dije, preparando la brocha y el jabón aunque la verdad es que poco tenía para afeitar. «¿Cómo te llaman en tu casa?», le pregunté mientras lo enjabonaba. «Me llaman Pablo», me contestó con una voz que me dio lástima, tanta era la vergüenza. «Pero te darán algún sobrenombre», insistí, y fue todavía peor porque me pareció que se iba a poner a llorar mientras yo le afeitaba los pocos pelitos que andaban por ahí. «¿Así que no tenés ningún sobrenombre? Sos el nene solamente, claro.» Terminé de afeitarlo y le hice una seña para que se tapara, pero él se adelantó y en un segundo estuvo cubierto hasta el pescuezo. «Pablo es un bonito nombre», le dije para consolarlo un poco; casi me daba pena verlo tan avergonzado, era la primera vez que me tocaba atender a un muchachito tan joven y tan tímido, pero me seguía fastidiando algo en él que a lo mejor le venía de la madre, algo más fuerte que su edad y que no me gustaba, y hasta me molestaba que fuera tan bonito y tan bien hecho para sus años, un mocoso que ya debía creerse un hombre y que a la primera de cambio sería capaz de soltarme un piropo.

Me quedé con los ojos cerrados, era la única manera de escapar un poco de todo eso, pero no servía de nada porque justamente en ese momento agregó: «¿Así que no tenés ningún sobrenombre? Sos el nene solamente, claro», y yo hubiera querido morirme, o agarrarla por la garganta y ahogarla, y cuando abrí los ojos le vi el pelo castaño casi pegado a mi cara porque se había agachado para sacarme un resto de jabón, y olía a shampoo de almendra como el que se pone la profesora de dibujo, o algún perfume de esos, y no supe qué decir y lo único que se me ocurrió fue preguntarle: «¿Usted se llama Cora, verdad?». Me miró con aire burlón, con esos ojos que ya me conocían y que me habían visto por todos lados, y dijo: «La señorita Cora». Lo dijo para castigarme, lo sé, igual que antes había dicho: «Ya sos un chico crecidito», nada más que para burlarse. Aunque me daba rabia tener la cara colorada, eso no lo puedo disimular nunca y es lo peor que me puede ocurrir, lo mismo me animé a decirle: «Usted es tan joven que... Bueno, Cora es un nombre muy lindo». No era eso, lo que yo había querido decirle era otra cosa y me parece que se dio cuenta y le molestó, ahora estoy seguro de que está resentida por culpa de mamá, yo solamente quería decirle que era tan joven que me hubiera gustado poder llamarla Cora a secas, pero cómo se lo iba a decir en ese momento cuando se había enojado y ya se iba con la mesita de ruedas y yo tenía unas ganas de llorar, esa es otra cosa que no puedo impedir, de golpe se me quiebra la voz y veo todo nublado, justo cuando necesitaría estar más tranquilo para decir lo que pienso. Ella iba a salir pero al llegar a la puerta se quedó un momento como para ver si no se olvidaba de alguna cosa, y yo quería decirle lo que estaba pensando pero no encontraba las palabras y lo único que se me ocurrió fue mostrarle la taza con el jabón, se había sentado en la cama y después de aclararse la voz dijo: «Se le olvida la taza con el jabón», muy seriamente y con un tono de hombre grande. Volví a buscar la taza y un poco para que se calmara le pasé la mano por la mejilla.

«No te aflijas, Pablito», le dije. «Todo irá bien, es una operación de nada». Cuando lo toqué echó la cabeza atrás como ofendido, y después resbaló hasta esconder la boca en el borde de las frazadas. Desde ahí, ahogadamente, dijo: «Puedo llamarla Cora, ¿verdad?». Soy demasiado buena, casi me dio lástima tanta vergüenza que buscaba desquitarse por otro lado, pero sabía que no era el caso de ceder porque después me resultaría difícil dominarlo, y a un enfermo hay que dominarlo o es lo de siempre, los líos de María Luisa en la pieza catorce o los retos del doctor De Luisi que tiene un olfato de perro para esas cosas. «Señorita Cora», me dijo tomando la taza y yéndose. Me dio una rabia, unas ganas de pegarle, de saltar de la cama y echarla a empujones, o de... Ni siquiera comprendo cómo pude decirle: «Si yo estuviera sano a lo mejor me trataría de otra manera». Se hizo la que no oía, ni siquiera dio vuelta la cabeza, y me quedé solo y sin ganas de leer, sin ganas de nada, en el fondo hubiera querido que me contestara enojada para poder pedirle disculpas porque en realidad no era lo que yo había pensado decirle, tenía la garganta tan cerrada que no sé cómo me habían salido las palabras, se lo había dicho de pura rabia pero no era eso, a lo mejor sí pero de otra manera.

Y sí, son siempre lo mismo, una los acaricia, les dice una frase amable, y ahí nomás asoma el machito, no quieren convencerse de que todavía son unos mocosos. Esto tengo que contárselo a Marcial, se va a divertir y cuando mañana lo vea en la mesa de operaciones le va a hacer todavía más gracia, tan tiernito el pobre con esa carucha arrebolada, maldito calor que me sube por la piel, cómo podría hacer para que no me pase eso, a lo mejor respirando hondo antes de hablar, qué sé yo. Se debe haber ido furiosa, estoy seguro de que escuchó perfectamente, no sé cómo le dije eso, yo creo que cuando le pregunté si podía llamarla Cora no se enojó, me dijo lo de señorita porque es su obligación pero no estaba enojada, la prueba es que vino y me acarició la cara; pero no, eso fue antes, primero me acarició y entonces yo le dije lo de Cora y lo eché todo a perder. Ahora estamos peor que antes y no voy a poder dormir aunque me den un tubo de pastillas. La barriga me duele de a ratos, es raro pasarse la mano y sentirse tan liso, lo malo es que me vuelvo a acordar de todo y del perfume de almendras, la voz de Cora, tiene una voz muy grave para una chica tan joven y linda, una voz como de cantante de boleros, algo que acaricia aunque esté enojada. Cuando oí pasos en el corredor me acosté del todo y cerré los ojos, no quería verla, no me importaba verla, mejor que me dejara en paz, sentí que entraba y que encendía la luz del cielo raso⁶, se hacía el dormido como un angelito, con una mano tapándose la cara, y no abrió los ojos hasta que llegué al lado de la cama. Cuando vio lo que traía se puso tan colorado que me volvió a dar lástima y un poco de risa, era demasiado idiota realmente. «A ver, m'hijito, bájese el pantalón y dése vuelta para el otro lado», y el pobre a punto de patalear corno haría con la mamá cuando tenía cinco años, me imagino, a decir que no y a llorar y a meterse debajo de las cobijas⁷ y a chillar, pero el pobre no podía hacer nada de eso ahora, solamente se había quedado mirando el irrigador⁸ y después a mí que esperaba, y de golpe se dio vuelta y empezó a mover las manos debajo de las frazadas pero no atinaba a nada mientras yo colgaba el irrigador en la cabecera, tuve que bajarle las frazadas y ordenarle que levantara un poco el

---

⁶   Cielo raso: techo.
⁷   En Hispanoamérica, ropa de cama.
⁸   Utensilio para introducir líquido en el intestino por el ano (lavativa).

trasero para correrle mejor el pantalón y deslizarle una toalla. «A ver, subí un poco las piernas, así está bien, echate más de boca, te digo que te eches más de boca, así». Tan callado que era casi como si gritara, por una parte me hacía gracia estarle viendo el culito a mi joven admirador, pero de nuevo me daba un poco de lástima por él, era realmente como si lo estuviera castigando por lo que me había dicho. «Avisá si está muy caliente», le previne, pero no contestó nada, debía estar mordiéndose un puño y yo no quería verle la cara y por eso me senté al borde de la cama y esperé a que dijera algo, pero aunque era mucho líquido lo aguantó sin una palabra hasta el final, y cuando terminó le dije, y eso sí se lo dije para cobrarme lo de antes: «Así me gusta, todo un hombrecito», y lo tapé mientras le recomendaba que aguantase lo más posible antes de ir al baño. «¿Querés que te apague la luz o te la dejo hasta que te levantes?», me preguntó desde la puerta. No sé cómo alcancé a decirle que era lo mismo, algo así, y escuché el ruido de la puerta al cerrarse y entonces me tapé la cabeza con las frazadas y qué le iba a hacer, a pesar de los cólicos me mordí las dos manos y lloré tanto que nadie, nadie puede imaginarse lo que lloré mientras la maldecía y la insultaba y le clavaba un cuchillo en el pecho cinco, diez, veinte veces, maldiciéndola cada vez y gozando de lo que sufría y de cómo me suplicaba que la perdonase por lo que había hecho.

Es lo de siempre, che Suárez, uno corta y abre, y en una de esas la gran sorpresa. Claro que a la edad del pibe [9] tiene todas las chances [10] a su favor, pero lo mismo le voy hablar claro al padre, no sea cosa que en una de esas tengamos un

[9]   Argentinismo, chico, muchacho.
[10]   Galicismo, oportunidades.

lío. Lo más probable es que haya una buena reacción, pero
ahí hay algo que falla, pensá en lo que pasó al comienzo de
la anestesia: parece mentira en un pibe de esa edad. Lo fui a
ver a las dos horas y lo encontré bastante bien si pensás en
lo que duró la cosa. Cuando entró el doctor De Luisi yo estaba secándole la boca al pobre, no terminaba de vomitar y
todavía le duraba la anestesia pero el doctor lo auscultó lo
mismo y me pidió que no me moviera de su lado hasta que
estuviera bien despierto. Los padres siguen en la otra pieza,
la buena señora se ve que no está acostumbrada a estas cosas, de golpe se le acabaron las paradas [11], y el viejo parece
un trapo. Vamos Pablito, vomita si tenés ganas y quéjate
todo lo que quieras, yo estoy aquí, sí, claro que estoy aquí,
el pobre sigue dormido pero me agarra como si se estuviera
ahogando. Debe creer que soy la mamá, todos creen eso, es
monótono. Vamos, Pablo, no te muevas así, quieto que te
va a doler más, no, dejá las manos tranquilas, ahí no te podés tocar. Al pobre le cuesta salir de la anestesia, Marcial
me dijo que la operación había sido muy larga. Es raro, habrán encontrado alguna complicación: a veces el apéndice
no está tan a la vista, le voy a preguntar a Marcial esta noche. Pero sí, m'hijito, estoy aquí, quéjese todo lo que quiera
pero no se mueva tanto, yo le voy a mojar los labios con
este pedacito de hielo en una gasa, así se le va pasando la
sed. Sí, querido, vomitá más, alíviate todo lo que quieras.
Qué fuerza tenés en las manos, me vas a llenar de moreto-
nes, sí, sí, llorá si tenés ganas, llorá, Pablito, eso alivia, llorá
y quejate, total estás tan dormido y creés que soy tu mamá.
Sos bien bonito, sabés, con esa nariz un poco respingada y
esas pestañas como cortinas, parecés mayor ahora que estás

---

[11]   Argentinismo, con el sentido de desaires, humillaciones.

tan pálido. Ya no te pondrías colorado por nada, verdad, mi pobrecito. Me duele, mamá, me duele aquí, dejame que me saque ese peso que me han puesto, tengo algo en la barriga que pesa tanto y me duele, mamá, decile a la enfermera que me saque eso. Sí, m'hijito, ya se le va a pasar, quédese un poco quieto, por qué tendrás tanta fuerza, voy a tener que llamar a María Luisa para que me ayude. Vamos, Pablo, me enojo si no te estás quieto, te va a doler mucho más si seguís moviéndote tanto. Ah, parece que empezás a darte cuenta, me duele aquí, señorita Cora, me duele tanto aquí, hágame algo por favor, me duele tanto aquí, suélteme las manos, no puedo más, señorita Cora, no puedo más.

Menos mal que se ha dormido el pobre querido, la enfermera me vino a buscar a las dos y media y me dijo que me quedara un rato con él que ya estaba mejor, pero lo veo tan pálido, ha debido perder tanta sangre, menos mal que el doctor De Luisi dijo que todo había salido bien. La enfermera estaba cansada de luchar con él, yo no entiendo por qué no me hizo entrar antes, en esta clínica son demasiado severos. Ya es casi de noche y el nene ha dormido todo el tiempo, se ve que está agotado, pero me parece que tiene mejor cara, un poco de color. Todavía se queja de a ratos pero ya no quiere tocarse el vendaje y respira tranquilo, creo que pasará bastante buena noche. Como si yo no supiera lo que tengo que hacer, pero era inevitable; apenas se le pasó el primer susto a la buena señora le salieron otra vez los desplantes de patrona, por favor que al nene no le vaya a faltar nada por la noche, señorita. Decí que te tengo lástima, vieja estúpida, si no ya iba a ver cómo te trataba. Las conozco a éstas, creen que con una buena propina el último día lo arreglan todo. Y a veces la propina ni siquiera es buena, pero para qué seguir pensando, ya se mandó mudar y todo está tranquilo. Marcial, quedate un poco, no ves que el chico duerme, contame lo que pasó esta mañana. Bueno, si estás apurado lo dejamos para después. No, mirá que puede entrar María Luisa, aquí no, Marcial. Claro, el señor se sale con la suya, ya te he dicho que no quiero que me beses cuando estoy trabajando, no está bien. Parecería que no tenemos toda la noche para besarnos, tonto. Andate. Váyase le digo, o me enojo. Bobo, pajarraco. Sí, querido, hasta luego. Claro que sí. Muchísimo.

Está muy oscuro pero es mejor, no tengo ni ganas de abrir los ojos. Casi no me duele, qué bueno estar así respirando despacio, sin esas náuseas. Todo está tan callado, ahora me acuerdo que vi a mamá, me dijo no sé qué, yo me sentía tan mal. Al viejo lo miré apenas, estaba a los pies de la cama y me guiñaba un ojo, el pobre siempre el mismo. Tengo un poco de frío, me gustaría otra frazada. Señorita Cora, me gustaría otra frazada. Pero si estaba ahí, apenas abrí los ojos la vi sentada al lado de la ventana leyendo una revista. Vino enseguida y me arropó, casi no tuve que decirle nada porque se dio cuenta enseguida. Ahora me acuerdo, yo creo que esta tarde la confundía con mamá y que ella me calmaba, o a lo mejor estuve soñando. ¿Estuve soñando, señorita Cora? Usted me sujetaba las manos, ¿verdad? Yo decía tantas pavadas, pero es que me dolía mucho, y las náuseas... Discúlpeme, no debe ser nada lindo ser enfermera. Sí, usted se ríe pero yo sé, a lo mejor la manché y todo. Bueno, no hablaré más. Estoy tan bien así, ya no tengo frío. No, no me duele mucho, un poquito solamente. ¿Es tarde, señorita Cora? Sh, usted se queda calladito ahora, ya le he dicho que no puede hablar mucho, alégrese de que no le duela y quédese bien quieto. No, no es tarde, apenas las siete. Cierre los ojos y duerma. Así. Duérmase ahora.

Sí, yo querría pero no es tan fácil. Por momentos me parece que me voy a dormir, pero de golpe la herida me pega un tirón o todo me da vueltas en la cabeza, y tengo que abrir los ojos y mirarla, está sentada al lado de la ventana y ha puesto la pantalla para leer sin que me moleste la luz. ¿Por qué se quedará aquí todo el tiempo? Tiene un pelo precioso, le brilla cuando mueve la cabeza. Y es tan joven, pensar que hoy la confundí con mamá, es increíble. Vaya a saber qué cosas le dije, se debe haber reído otra vez de mí. Pero me pasaba hielo por la boca, eso me aliviaba tanto, ahora me acuerdo, me puso agua colonia en la frente y en el pelo, y me sujetaba las manos para que no me arrancara el vendaje. Ya no está enojada conmigo, a lo mejor mamá le pidió disculpas o algo así, me miraba de otra manera cuando me dijo: «Cierre los ojos y duérmase». Me gusta que me mire así, parece mentira lo del primer día cuando me quitó los caramelos. Me gustaría decirle que es tan linda, que no tengo nada contra ella, al contrario, que me gusta que sea ella la que me cuida de noche y no la enfermera chiquita. Me gustaría que me pusiera otra vez agua colonia en el pelo. Me gustaría que con una sonrisa me pidiera perdón, que me dijera que la puedo llamar Cora.

Se quedó dormido un buen rato, a las ocho calculé que el doctor De Luisi no tardaría y lo desperté para tomarle la temperatura. Tenía mejor cara y le había hecho bien dormir. Apenas vio el termómetro sacó una mano fuera de las cobijas, pero le dije que se estuviera quieto. No quería mirarlo en los ojos para que no sufriera pero lo mismo se puso colorado y empezó a decir que él podía muy bien solo. No le hice caso, claro, pero estaba tan tenso el pobre que no me quedó más remedio que decirle: «Vamos, Pablo, ya sos un hombrecito, no te vas a poner así cada vez, ¿verdad?». Es lo de siempre, con esa debilidad no pudo contener las lágrimas; haciéndome la que no me daba cuenta anoté la temperatura y me fui a prepararle la inyección. Cuando volvió yo me había secado los ojos con la sábana y tenía tanta rabia contra mí mismo que hubiera dado cualquier cosa por poder hablar, decirle que no me importaba, que en realidad no me importaba pero que no lo podía impedir. «Esto no duele nada», me dijo con la jeringa en la mano. «Es para que duermas bien toda la noche». Me destapó y otra vez sentí que me subía la sangre a la cara, pero ella se sonrió un poco y empezó a frotarme el muslo con un algodón mojado. «No duele nada», le dije porque algo tenía que decirle, no podía ser que me quedara así mientras ella me estaba mirando. «Ya ves», me dijo sacando la aguja y frotándome con el algodón. «Ya ves que no duele nada. Nada te tiene que doler, Pablito». Me tapó y me pasó la mano por la cara. Yo cerré los ojos y hubiera querido estar muerto, estar muerto y que ella me pasara la mano por la cara, llorando.

Nunca entendí mucho a Cora pero esta vez se fue a la otra banda. La verdad que no me importa si no entiendo a las mujeres. Lo único que vale la pena es que lo quieran a uno. Si están nerviosas, si se hacen problemas por cualquier macana [12], bueno nena, ya está, déme un beso y se acabó. Se ve que todavía es tiernita, va a pasar un buen rato antes de que aprenda a vivir en este oficio maldito, la pobre apareció esta noche con una cara rara y me costó media hora hacerle olvidar esas tonterías. Todavía no ha encontrado la manera de buscarle la vuelta a algunos enfermos, ya le pasó con la vieja del veintidós pero yo creía que desde entonces habría aprendido un poco, y ahora este pibe le vuelve a dar dolores de cabeza. Estuvimos tomando mate en mi cuarto a eso de las dos de la mañana, después fue a darle la inyec-

---

[12]   Argentinismo, cosa de broma, sin valor.

ción y cuando volvió estaba de mal humor, no quería saber
nada conmigo. Le queda bien esa carucha de enojada, de
tristona, de poco se la fui cambiando, y al final se puso a
reír y me contó, a esa hora me gusta tanto desvestirla y sentir que tiembla un poco como si tuviera frío. Debe ser muy
tarde, Marcial. Ah, entonces puedo quedarme un rato todavía, la otra inyección le toca a las cinco y media, la galleguita no llega hasta las seis. Perdoname, Marcial, soy una
boba, mirá que preocuparme tanto por ese mocoso, al fin y
al cabo lo tengo dominado pero de a ratos me da lástima, a
esa edad son tontos, tan orgullosos, si pudiera le pediría al
doctor Suárez que me cambiara, hay dos operados en el segundo piso, gente grande, uno les pregunta tranquilamente
si han ido de cuerpo, les alcanza la chata[13], los limpia si
hace falta, todo eso charlando del tiempo o de la política, es
un ir y venir de cosas naturales, cada uno está en lo suyo,
Marcial, no como aquí, comprendés. Sí, claro que hay que
hacerse a todo, cuántas veces me van a tocar chicos de esa
edad, es una cuestión de técnica como decís vos. Sí, querido, claro. Pero es que todo empezó mal por culpa de la
madre, eso no se ha borrado, sabés, desde el primer minuto
hubo como un malentendido, y el chico tiene su orgullo y le
duele, sobre todo que al principio no se daba cuenta de todo
lo que iba a venir y quiso hacerse el grande, mirarme como
si fueras vos, como un hombre. Ahora ya ni le puedo preguntar si quiere hacer pis, lo malo es que sería capaz de
aguantarse toda la noche si yo me quedara en la pieza. Me
da risa cuando me acuerdo, quería decir que sí y no se animaba, entonces me fastidió tanta tontería y lo obligué para
que aprendiera a hacer pis sin moverse, bien tendido de es-

---

[13]   Metonimia con que en Argentina se refieren a la cuña.

paldas. Siempre cierra los ojos en esos momentos pero es casi peor, está a punto de llorar o de insultarme, está entre las dos cosas y no puede, es tan chico, Marcial, y esa buena señora que lo ha de haber criado como un tilinguito[14], el nene de aquí y el nene de allá, mucho sombrero y saco[15] entallado pero en el fondo el bebé de siempre, el tesorito de mamá. Ah, y justamente le vengo a tocar yo, el alto voltaje como decís vos, cuando hubiera estado tan bien con María Luisa que es idéntica a su tía y que lo hubiera limpiado por todos lados sin que se le subieran los colores a la cara. No, la verdad, no tengo suerte, Marcial.

Estaba soñando con la clase de francés cuando encendió la luz del velador, lo primero que le veo es siempre el pelo, será porque se tiene que agachar para las inyecciones o lo que sea, el pelo cerca de mi cara, una vez me hizo cosquillas en la boca y huele tan bien, y siempre se sonríe un poco cuando me está frotando con el algodón, me frotó un rato largo antes de pincharme y yo le miraba la mano tan segura que iba apretando de a poco la jeringa, el líquido amarillo que entraba despacio, haciéndome doler. «No, no me duele nada». Nunca le podré decir: «No me duele nada, Cora». Y no le voy a decir señorita Cora, no se lo voy a decir nunca. Le hablaré lo menos que pueda y no la pienso llamar señorita Cora aunque me lo pida de rodillas. No, no me duele nada. No, gracias, me siento bien, voy a seguir durmiendo. Gracias.

Por suerte ya tiene de nuevo sus colores pero todavía está muy decaído, apenas si pudo darme un beso, y a tía Esther casi no la miró y eso que le había traído las revistas y una

---

[14]   Usado en Argentina y México, bobito.
[15]   Americanismo, chaqueta de hombre, americana.

corbata preciosa para el día en que lo llevemos a casa. La enfermera de la mañana es un amor de mujer, tan humilde, con ella sí da gusto hablar, dice que el nene durmió hasta las ocho y que bebió un poco de leche, parece que ahora van a empezar a alimentarlo, tengo que decirle al doctor Suárez que el cacao le hace mal, o a lo mejor su padre ya se lo dijo porque estuvieron hablando un rato. Si quiere salir un momento, señora, vamos a ver cómo anda este hombre. Usted quédese, señor Morán, es que a la mamá le puede hacer impresión tanto vendaje. Vamos a ver un poco, compañero. ¿Ahí duele? Claro, es natural. Y ahí, decime si ahí te duele o solamente está sensible. Bueno, vamos muy bien, amiguito. Y así cinco minutos, si me duele aquí, si estoy sensible más acá, y el viejo mirándome la barriga como si me la viera por primera vez. Es raro pero no me siento tranquilo hasta que se van, pobres viejos tan afligidos pero qué le voy a hacer, me molestan, dicen siempre lo que no hay que decir, sobre todo mamá, y menos mal que la enfermera chiquita parece sorda y le aguanta todo con esa cara de esperar propina que tiene la pobre. Mirá que venir a jorobar con lo del cacao, ni que yo fuese un niño de pecho. Me dan unas ganas de dormir cinco días seguidos sin ver a nadie, sobre todo sin ver a Cora, y despertarme justo cuando me vengan a buscar para ir a casa. A lo mejor habrá que esperar unos días más, señor Morán, ya sabrá por De Luisi que la operación fue más complicada de lo previsto, a veces hay pequeñas sorpresas. Claro que con la constitución de ese chico yo creo que no habrá problema, pero mejor dígale a su señora que no va a ser cosa de una semana como se pensó al principio. Ah, claro, bueno, de eso usted hablará con el administrador, son cosas internas. Ahora vos fijate si no es mala suerte, Marcial, anoche te lo anuncié, esto va a durar mucho más de lo que pensábamos. Sí, ya sé que no importa pero podrías ser un poco más comprensivo, sabés muy bien que no me hace feliz atender a ese chico, y a él todavía menos, pobrecito. No me mirés así, por qué no le voy a tener lástima. No me mirés así.

Nadie me prohibió que leyera pero se me caen las revistas de la mano, y eso que tengo dos episodios por terminar y todo lo que me trajo tía Esther. Me arde la cara, debo de tener fiebre o es que hace mucho calor en esta pieza, le voy a pedir a Cora que entorne un poco la ventana o que me saque una frazada. Quisiera dormir, es lo que más me gustaría, que ella estuviese allí sentada leyendo una revista y yo durmiendo sin verla, sin saber que está allí, pero ahora no se va a quedar más de noche, ya pasó lo peor y me dejarán solo. De tres a cuatro creo que dormí un rato, a las cinco justas vino con un remedio nuevo, unas gotas muy amargas. Siempre parece que se acaba de bañar y cambiar, está tan fresca y huele a talco perfumado, a lavanda. «Este remedio es muy feo, ya sé», me dijo, y se sonreía para animarme. «No, es un poco amargo, nada más», le dije. «¿Cómo pasaste el día?», me preguntó, sacudiendo el termómetro. Le dije que bien, que durmiendo, que el doctor Suárez me había encontrado mejor, que no me dolía mucho. «Bueno, entonces podés trabajar un poco», me dijo dándome el termómetro. Yo no supe qué contestarle y ella se fue a cerrar las persianas y arregló los frascos en la mesita mientras yo me tomaba la temperatura. Hasta tuve tiempo de echarle un vistazo al termómetro antes de que viniera a buscarlo. «Pero tengo muchísima fiebre», me dijo como asustado. Era fatal, siempre seré la misma estúpida, por evitarle el mal momento le doy el termómetro y naturalmente el muy chiquilín no pierde tiempo en enterarse de que está volando de fiebre. «Siempre es así los primeros cuatro días, y además nadie te mandó que miraras», le dije, más furiosa contra mí que contra él. Le pregunté si había movido el vientre y me dijo que no. Le sudaba la cara, se la sequé y le puse un poco de agua colonia; había cerrado los ojos antes de contestarme y no los abrió mientras yo lo peinaba un poco para que no le molestara el pelo en la frente. Treinta y nueve y nueve era mucha fiebre, realmente. «Trata de dormir un rato», le dije, calculando a qué hora podría avisarle al doctor Suárez. Sin abrir los ojos hizo un gesto como de fastidio, y articulando cada palabra me dijo: «Usted es mala conmigo, Cora». No atiné a contestarle nada, me quedé a su lado hasta que abrió los ojos y me miró con toda su fiebre y toda su tristeza. Casi sin darme cuenta estiré la mano y quise hacerle una caricia en la frente, pero me rechazó de un manotón y algo debió tironearle en la herida porque se crispó de dolor. Antes de que pudiera reaccionar me dijo en voz muy baja: «Usted no sería así conmigo si me hubiera conocido en otra parte». Estuve al borde de soltar una carcajada, pero era tan ridículo que me dijera eso mientras se le llenaban los ojos de lágrimas que me pasó lo de siempre, me dio rabia y casi miedo, me sentí de golpe como desamparada delante de ese chiquilín pretencioso. Conseguí dominarme (eso se lo debo a Marcial, me ha enseñado a controlarme y cada vez lo hago mejor), y me enderecé como si no hubiera sucedido nada, puse la toalla en la percha y tapé el frasco de agua colonia. En fin, ahora sabíamos a qué atenernos, en el fondo era mucho mejor así. Enfermera, enfermo, y pare de contar. Que el agua colonia se la pusiera la madre, yo tenía otras cosas que hacerle y se las haría sin más contemplaciones. No sé por qué me quedé más de lo necesario. Marcial me dijo cuando se lo conté que había querido darle la oportunidad de disculparse, de pedir perdón. No sé, a lo mejor fue eso o algo distinto, a lo mejor me quedé para que siguiera insultándome, para ver hasta dónde era capaz de llegar. Pero seguía con los ojos cerrados y el sudor le empapaba la frente y las mejillas, era como si me hubieran metido en agua hirviendo, veía manchas violeta y rojas cuando apretaba los ojos para no mirarla sabiendo que todavía estaba allí, y hubiera dado cualquier cosa para que se agachara y volviera a secarme la frente como si yo no le hubiera dicho eso, pero ya era imposible, se iba a ir sin hacer nada, sin decirme nada, y yo abriría los ojos y encontraría la noche, el velador, la pieza vacía, un poco de perfume todavía, y me repetiría diez veces, cien veces, que había hecho bien en decirle lo que le había dicho, para que aprendiera, para que no me tratara como a un chico, para que me dejara en paz, para que no se fuera.

Empiezan siempre a la misma hora, entre seis y siete de la mañana, debe ser una pareja que anida en las cornisas del patio, un palomo que arrulla y la paloma que le contesta, al rato se cansan, se lo dije a la enfermera chiquita que viene a lavarme y a darme el desayuno, se encogió de hombros y dijo que ya otros enfermos se habían quejado de las palomas pero que el director no quería que las echaran. Ya ni sé cuánto hace que las oigo, las primeras mañanas estaba demasiado dormido o dolorido para fijarme, pero desde hace tres días escucho a las palomas y me entristecen, quisiera estar en casa oyendo ladrar a *Milord*, oyendo a tía Esther que a esta hora se levanta para ir a misa. Maldita fiebre que no quiere bajar, me van a tener aquí hasta quién sabe cuándo, se lo voy a preguntar al doctor Suárez esta misma mañana, al fin y al cabo podría estar lo más bien en casa. Mire, señor Morán, quiero ser franco con usted, el cuadro no es nada sencillo. No, señorita Cora, prefiero que usted siga atendiendo a ese enfermo, y le voy a decir por qué.

Pero entonces, Marcial... Vení, te voy a hacer un café bien
fuerte, mirá que sos potrilla todavía, parece mentira. Escu-
chá, vieja [16], he estado hablando discretamente con el doctor Suárez, y parece que el pibe...

Por suerte después se callan, a lo mejor se van volando
por ahí, por toda la ciudad, tienen suerte las palomas. Qué
mañana interminable, me alegré cuando se fueron los viejos, ahora les da por venir más seguido desde que tengo
tanta fiebre. Bueno, si me tengo que quedar cuatro o cinco
días más aquí, qué importa. En casa sería mejor, claro, pero
lo mismo tendría fiebre y me sentiría tan mal de a ratos.
Pensar que no puedo ni mirar una revista, es una debilidad
como si no me quedara sangre. Pero todo es por la fiebre,
me lo dijo anoche el doctor De Luisi y el doctor Suárez me
lo repitió esta mañana, ellos saben. Duermo mucho pero lo
mismo es como si no pasara el tiempo, siempre es antes de
las tres como si a mí me importaran las tres o las cinco. Al
contrario, a las tres se va la enfermera chiquita y es una lástima porque con ella estoy tan bien. Si me pudiera dormir
de un tirón hasta la medianoche sería mucho mejor. Pablo,
soy yo, la señorita Cora. Tu enfermera de la noche que te
hace doler con las inyecciones. Ya sé que no te duele, tonto,
es una broma. Seguí durmiendo si querés, ya está. Me dijo:
«Gracias» sin abrir los ojos, pero hubiera podido abrirlos,
sé que con la galleguita estuvo charlando a mediodía aunque le han prohibido que hable mucho. Antes de salir me di
vuelta de golpe y me estaba mirando, sentí que todo el
tiempo me había estado mirando de espaldas. Volví y me
senté al lado de la cama, le tomé el pulso, le arreglé las sábanas que arrugaba con sus manos de fiebre. Me miraba el

---

[16]   En Argentina es un apelativo cariñoso que no tiene nada que ver
con la edad.

pelo, después bajaba la vista y evitaba mis ojos. Fui a buscar lo necesario para prepararlo y me dejó hacer sin una palabra, con los ojos fijos en la ventana, ignorándome. Vendrían a buscarlo a las cinco y media en punto, todavía le quedaba un rato para dormir, los padres esperaban en la planta baja porque le hubiera hecho impresión verlos a esa hora. El doctor Suárez iba a venir un rato antes para explicarle que tenían que completar la operación, cualquier cosa que no lo inquietara demasiado. Pero en cambio mandaron a Marcial, me tomó de sorpresa verlo entrar así pero me hizo una seña para que no me moviera y se quedó a los pies de la cama leyendo la hoja de temperatura hasta que Pablo se acostumbrara a su presencia. Le empezó a hablar un poco en broma, armó la conversación como él sabe hacerlo, el frío en la calle, lo bien que se estaba en ese cuarto, y él lo miraba sin decir nada, como esperando, mientras yo me sentía tan rara, hubiera querido que Marcial se fuera y me dejara sola con él, yo hubiera podido decírselo mejor que nadie, aunque quizá no, probablemente no. Pero si ya lo sé, doctor, me van a operar de nuevo, usted es el que me dio la anestesia la otra vez, y bueno, mejor eso que seguir en esta cama y con esta fiebre. Yo sabía que al final tendrían que hacer algo, por qué me duele tanto desde ayer, un dolor diferente, desde más adentro. Y usted, ahí sentada, no ponga esa cara, no se sonría como si me viniera a invitar al cine. Váyase con él y béselo en el pasillo, tan dormido no estaba la otra tarde cuando usted se enojó con él porque la había besado aquí. Váyanse los dos, déjenme dormir, durmiendo no me duele tanto.

Y bueno, pibe, ahora vamos a liquidar este asunto de una vez por todas, hasta cuándo nos vas a estar ocupando una cama, che. Contá despacito, uno, dos, tres. Así va bien, vos seguí contando y dentro de una semana estás comiendo un bife [17] jugoso en casa. Un cuarto de hora a gatas, nena, y vuelta a coser. Había que verle la cara a De Luisi, uno no se acostumbra nunca del todo a estas cosas. Mirá, aproveché para pedirle a Suárez que te relevaran como vos querías, le dije que estás muy cansada con un caso tan grave; a lo mejor te pasan al segundo piso si vos también le hablás. Está bien, hacé como quieras, tanto quejarte la otra noche y ahora te sale la samaritana. No te enojés conmigo, lo hice por vos. Sí, claro que lo hizo por mí pero perdió el tiempo, me voy a quedar con él esta noche y todas las noches. Empezó a despertarse a las ocho y media, los padres se fueron enseguida porque era mejor que no los viera con la cara que tenían los pobres, y cuando llegó el doctor Suárez me preguntó en voz baja si quería que me relevara María Luisa, pero le hice una seña de que me quedaba y se fue. María Luisa me acompañó un rato porque tuvimos que sujetarlo y calmarlo, después se tranquilizó de golpe y casi no tuvo vómitos; está tan débil que se volvió a dormir sin quejarse mucho hasta las diez. Son las palomas, vas a ver, mamá, ya están arrullando como todas las mañanas, no sé por qué no las echan, que se vuelen a otro árbol. Dame la mano, mamá, tengo tanto frío. Ah, entonces estuve soñando, me parecía que ya era de mañana y que estaban las palomas. Perdóneme, la confundí con mamá. Otra vez desviaba la mirada, se volvía a su encono, otra vez me echaba a mí toda la culpa. Lo atendí como si no me diera cuenta de que seguía enojado, me senté junto a él y le mojé los labios con hielo. Cuando me miró, después que le puse agua colonia en las manos y la frente, me acerqué más y le sonreí. «Llamame

---

[17]   Argentinismo, filete grande de vaca.

Cora», le dije. «Yo sé que no nos entendimos al principio, pero vamos a ser tan buenos amigos, Pablo». Me miraba callado. «Decime: Sí, Cora». Me miraba, siempre. «Señorita Cora», dijo después, y cerró los ojos. «No, Pablo, no», le pedí, besándolo en la mejilla, muy cerca de la boca. «Yo voy a ser Cora para vos, solamente para vos». Tuve que echarme atrás, pero lo mismo me salpicó la cara. Lo sequé, le sostuve la cabeza para que se enjuagara la boca, lo volví a besar hablándole al oído. «Discúlpeme», dijo con un hilo de voz, «no lo pude contener». Le dije que no fuera tonto, que para eso estaba yo cuidándolo, que vomitara todo lo que quisiera para aliviarse. «Me gustaría que viniera mamá», me dijo, mirando a otro lado con los ojos vacíos. Todavía le acaricié un poco el pelo, le arreglé las frazadas esperando que me dijera algo, pero estaba muy lejos y sentí que lo hacía sufrir todavía más si me quedaba. En la puerta me volví y esperé; tenía los ojos muy abiertos, fijos en el cielo raso. «Pablito», le dije. «Por favor, Pablito. Por favor, querido». Volví hasta la cama, me agaché para besarlo; olía a frío, detrás del agua colonia estaba el vómito, la anestesia. Si me quedo un segundo más me pongo a llorar delante de él, por él. Lo besé otra vez y salí corriendo, bajé a buscar a la madre y a María Luisa; no quería volver mientras las madre estuviera allí, por lo menos esa noche no quería volver y después sabía demasiado bien que no tendría ninguna necesidad de volver a ese cuarto, que Marcial y María Luisa se ocuparían de todo hasta que el cuarto quedara otra vez libre.

EL FIN DE LA INFANCIA

AMANDINE O LOS DOS JARDINES

Michel Tournier (París, 1924 – Choisel, Francia, 2016).
Autor de numerosas novelas, es una de las figuras importantes de la literatura francesa actual. Obtuvo el Premio
de Novela de la Academia Francesa con *Viernes o los lim-
bos del Pacífico* (1967) y el Premio Goncourt en 1970
con la novela *El rey de los alisos*. En sus historias se mezcla la ingenuidad y la perversión al retratar el paraíso
perdido, la naturaleza virgen, lo femenino y lo masculino
como mundos contrapuestos. Del resto de su obra destacan
El fetichista (1974), *El urogallo* (1978), *Gilles et Jeanne*
(1983), *La gota de oro* (1985) y la colección de relatos *Me-
dianoche de amor* (1989).

El cuento *Amandine* pertenece a la colección de relatos *El urogallo*
(1978), publicado por la editorial Alfaguara en 1988.

Para Olivia Clergue

Domingo Tengo ojos azules, labios colorados, gruesas mejillas rosas, cabellos rubios ondulados. Me llamo Amandine. Cuando me contemplo en un espejo, me parece que tengo el aspecto de una chiquilla de diez años. Pero eso no es sorprendente. Soy una chiquilla y tengo diez años.

Tengo un papá, una mamá, una muñeca que se llama Amanda y también un gato. Creo que es una gata. Se llama Claude, porque uno nunca sabe. Durante quince días, tuvo una tripa enorme y una mañana encontré dentro de su cesta a cuatro gatitos del tamaño de unos ratones que merodeaban a su alrededor con sus patitas y que le chupaban la tripa.

Y a propósito de esa tripa, pues pareció que lo más normal era pensar que los cuatro pequeños estaban allí encerrados y que de allí acababan de salir. Decididamente Claude debe de ser una gata.

Los pequeños se llaman Bernard, Philippe, Ernest y Kamicha. De este modo sé que los tres primeros son chicos. En cambio, con Kamicha, evidentemente se plantea una duda.

Mamá me dijo que no podía guardar cinco gatos en la casa. Me pregunto por qué. Entonces les pregunté a mis amiguitas de la escuela si querían un gato.

Miércoles Annie, Sylvie y Ludie han venido a la casa. Claude se ha restregado contra sus piernas ronroneando. Ellas han cogido en sus manos a los gatitos que ahora tienen los ojos abiertos y que comienzan a caminar tambaleándose. Como no querían gata han dejado a Kamicha. Annie ha elegido a Bernard, Sylvie a Philippe y Lydie a Ernest. Me he quedado sólo con Kamicha, y como es natural, le quiero todavía más, ya que los otros se han marchado.

Domingo Kamicha es rojo como un zorro con una mancha blanca en el ojo izquierdo como si hubiera recibido... ¿qué exactamente? Lo contrario de un golpe. Una galleta. Una galleta de panadero. Kamicha tiene un ojo a la mantequilla.

Miércoles Me gusta la casa de mamá y el jardín de papá. En la casa hay siempre la misma temperatura, tanto en verano como en invierno. En cualquier estación el césped del jardín es verde y bien cortado. Podría decirse que mamá en su casa y papá con su jardín hacen un verdadero concurso de limpieza. En la casa hay que caminar sobre bayetas de fieltro para no ensuciar la madera del suelo. En el jardín papá ha colocado ceniceros para los paseantes-fumadores. Me parece que tienen razón. Así es más tranquilizador. Pero a veces resulta un poco molesto.

Domingo Me da mucha alegría ver cómo crece mi gatito y lo aprende todo, jugando con su mamá.

Esta mañana he ido a ver su cesta. ¡Vacía! ¡Nadie! Cuando Claude iba a pasear dejaba a Kamicha y a sus hermanos completamente solos. Pero esta vez le ha llevado consigo. Tiene que habérselo llevado seguramente colgado, porque estoy segura de que el gatito no puede seguirla. Apenas camina. ¿Adónde ha ido?

Miércoles Claude, que había desaparecido desde el domingo, ha regresado de pronto. Yo iba a comerme unas fresas en el jardín y de repente noto que una piel me roza las piernas. No necesito mirar; sé que es Claude. Corro hasta la cesta para ver si también ha vuelto el pequeño. Pero la cesta sigue vacía. Claude se ha aproximado. Ha mirado en la cesta y ha levantado la cabeza hacia mí cerrando sus ojos de oro. Le he preguntado: ¿Qué has hecho con Kamicha? Ella ha vuelto la cabeza sin responder.

Domingo Claude ya no vive como antes. En otras épocas se pasaba todo el tiempo junto a nosotros. Ahora se escapa muchas veces. ¿Dónde? Eso me gustaría saber a mí. He intentado seguirla. Imposible. Cuando la vigilo, no se mueve. Es como si todo el tiempo quisiera decirme: «¿Por qué me miras? Ves perfectamente que yo estoy todo el tiempo en casa».

Pero basta un momento de desatención y... paf... ¡Claude no está! Entonces por mucho que me empeñe en buscar no está en ninguna parte. Y al día siguiente vuelvo a encontrarla junto al fuego y me mira con un aire inocente, como si yo viera visiones.

Miércoles Acabo de ver algo divertido. No tenía nada de hambre y como nadie me miraba, le he tirado a Claude mi pedazo de carne. Los perros —cuando se les lanza un pedazo de carne o de azúcar— lo atrapan al vuelo y lo mastican tranquilamente. Pero los gatos, no. Son desconfiados. Dejan que la cosa caiga. Luego inspeccionan. Claude ha inspeccionado, pero en vez de comer, ha cogido el pedazo de carne en su hocico y se lo ha llevado al jardín, y por su culpa mis padres podrían haberme castigado, si la hubiesen visto.

Luego se ha escondido en un matorral... probablemente para que me olvidara de ella. Pero yo la vigilaba. De pronto ha saltado hasta la tapia y ha corrido pegada a la tapia como si la tapia estuviera tumbada en el suelo, pero ¡qué va!, era una tapia vertical y la gata con sólo tres saltos ha llegado hasta arriba, conservando en todo momento el trozo de carne en su hocico. Luego ha mirado hacia nosotros, como para asegurarse de que nadie la seguía, y ha desaparecido del otro lado.

Pero yo tengo una idea desde hace tiempo: sospecho que a Claude no le gustó nada que le quitaran tres gatitos de los cuatro que tuvo y pienso que por eso ha intentado poner a Kamicha en un lugar seguro. Lo oculta al otro lado de la tapia y permanece con él todo el tiempo que no está aquí.

Domingo Tenía razón. Acabo de ver a Kamicha, que había desaparecido desde hacía ya tres meses. ¡Pero cómo ha cambiado! Esta mañana me había levantado antes de lo normal. Por la ventana he visto a Claude que caminaba lentamente por un sendero del jardín. Llevaba un turón [1] muerto en su hocico. Pero lo más raro era que iba haciendo una especie de gruñido muy suave, como hacen las gallinas cluecas [2], cuando se pasean rodeadas de sus polluelos. En este caso, el polluelo no ha tardado en mostrarse, pero era un polluelo enorme con cuatro patas, cubierto de pelo rojo. Enseguida le he reconocido con su mancha blanca en el ojo, su ojo de mantequilla. ¡Pero qué grande se había hecho! Se puso a hacer un extraño baile en torno a Claude, mientras intentaba dar zarpazos al turón y Claude levantaba mucho

---

[1] Pequeño mamífero carnicero que despide un olor fétido.
[2] Se aplica a las aves, particularmente las gallinas, que están en estado de empollar o empollando.

la cabeza para que Kamicha no pudiera atraparlo. Por último lo ha dejado caer, pero entonces Kamicha, en vez de devorar al turón allí mismo, lo ha cogido inmediatamente y ha desaparecido con él bajo los arbustos. Tengo algo de miedo de que ese gatito vaya a resultar un salvaje. Hay que tener en cuenta que ha crecido al otro lado de la tapia sin haber visto nunca a nadie más que a su madre.

Miércoles Ahora me levanto todos los días antes que los demás. ¡No es difícil! ¡Hace tan buen tiempo! Y de este modo hago lo que me da la gana en la casa por lo menos durante una hora. Como papá y mamá duermen tengo la impresión de que estoy sola en el mundo.

Eso me da algo de miedo, pero al mismo tiempo me produce una gran alegría. Es divertido. Cuando oigo que empiezan a removerse en la habitación de mis padres, me pongo triste: se acabó la fiesta. Y además veo en el jardín un montón de cosas nuevas para mí. El jardín de papá está tan cuidado y tan recortado que uno podría creer que allí no hay modo de que ocurra nada.

Sin embargo, cuando papá duerme se pueden ver cosas. Justo antes de que se levante el sol, hay como un hormigueo en el jardín. Es la hora en que se acuestan los animales nocturnos y se levantan los diurnos. Pero precisamente hay un momento en que todos están allí al mismo tiempo. Se cruzan y a veces se chocan, porque es a la vez noche y día.

La lechuza se dispone a retirarse antes de que el sol pueda cegarla y roza al mirlo que sale en ese momento de las lilas. El erizo se hace una bola entre los brezales justo cuando la ardilla asoma la cabeza por el agujero de la vieja encina para ver el tiempo que hace.

Domingo Ya no hay duda: Kamicha es completamente salvaje. Cuando les he visto esta mañana a Claude y a él en el césped, he salido y he ido hacia donde estaban ellos. Claude comenzó a hacerme fiestas. Vino a frotarse contra mis piernas, ronroneando. Pero Kamicha desapareció de un salto entre los groselleros. ¡Es muy raro! Se da perfecta cuenta de que su mamá no tiene miedo de mí. ¿Por qué se escapa entonces? ¿Y por qué su mamá no hace nada para retenerle? Podría explicarle que yo soy una amiga. No. Se diría que desde el momento en que yo estaba allí se olvidó por completo de Kamicha. Realmente mi gata tiene dos vidas que no se tocan: su vida del otro lado de la tapia y su vida con nosotros en el jardín de papá y en la casa de mamá.

Miércoles He querido surtir[3] de provisiones a Kamicha. He colocado un platito con leche en medio del sendero y me he vuelto a la casa para observar desde la ventana lo que iba a ocurrir.

La primera que llegó, está claro, fue Claude. Se plantó ante el platito con las patas delanteras muy prietas, la una contra la otra, y comenzó a lamer. Al cabo de un minuto vi el ojo de mantequilla de Kamicha que aparecía entre dos matorrales. Observaba a su madre y parecía preguntarse qué es lo que podría hacer. Luego avanzó, pero completamente pegado a tierra y fue arrastrándose lentamente, lentamente hasta Claude. ¡Date prisa, Kamicha, si no cuando llegues te encontrarás el plato vacío! Por último llega, pero, no... todavía no. ¡Mira por dónde se pone a dar vueltas alrededor del plato sin dejar de arrastrarse! ¡Qué raro es! Un auténtico gato salvaje. Alarga el cuello hacia el plato, un

---

[3] Aprovisionar, abastecer, proveer.

cuello muy largo, un auténtico cuello de jirafa, y hace todo eso para seguir estando lo más lejos posible del plato. Alarga el cuello, baja el hocico y de pronto estornuda: acaba de rozar la leche con su hocico. Y no lo esperaba. Es que ese salvaje jamás ha comido en un plato. Ha derramado gotas de leche por todas partes. Entonces retrocede y se relame los morros con un aire de fastidio. A Claude también le ha salpicado, pero no hace caso. Continúa lamiendo, deprisa, de un modo regular, como una máquina.

Kamicha ha terminado de enjugarse. Pero la verdad es que esas pocas gotas de leche que ha saboreado le recuerdan algo. Es un recuerdo muy antiguo. Se pega al suelo todo lo que puede, como si fuera casi plano. Y comienza de nuevo a arrastrarse. Pero esta vez se dirige a donde está su madre. Desliza su cabeza bajo su tripa. Y mama.

Entonces esto es lo que hay: la gran gata lame y el gatito mama. Debe de ser la misma leche: la del plato que entra por la boca de la gata, vuelve a salir por sus tetillas y entra en la boca del gatito. La diferencia es que en el camino se ha calentado. Al gatito no le gusta la leche fría. Usa a su madre para templarla.

El plato está vacío. Claude lo ha relamido tanto que ahora reluce al sol. Claude gira la cabeza, y descubre a Kamicha que sigue tratando de mamar. «Pero... ¿qué es lo que hace éste?». La pata de Claude se contrae como movida por un resorte. Oh... ¡no con maldad!: con todas las garras retraídas. Pero el golpe suena sobre el coco de Kamicha que rueda como una pelota. Eso le recordará que es ya un gatazo. ¿Se mama acaso a su edad?

Domingo He decidido hacer una expedición al otro lado de la tapia para intentar amaestrar a Kamicha. Y además también un poco por curiosidad. Creo que allá detrás hay algo diferente, un jardín de otro tipo, tal vez otra casa: el jardín y la casa de Kamicha. Creo que si conociera su pequeño paraíso, me sería más fácil ganarme su amistad.

Miércoles Después de comer he dado la vuelta entera a la propiedad vecina. No es muy grande. No se necesitan más de diez minutos para regresar sin apresurarse al punto de partida. Es sencillo: es un jardín que tiene exactamente el tamaño del jardín de papá. Pero..., ¡y eso es lo raro! ¡Ni puerta, ni verja, ni nada de nada! Una tapia sin ningún agujero. O tal vez las entradas han sido tapadas. Por eso la única manera de entrar es la de Kamicha: saltar la tapia. Pero yo, yo no soy un gato. ¿Qué puedo hacer?

Domingo Al principio pensé utilizar la escalera que papá usa para el jardín, pero no sé si habría tenido fuerzas suficientes como para llevarla hasta la tapia. Y además todo el mundo la vería. Enseguida se fijarían en mí. No sé muy bien por qué, pero me parece que si papá y mamá se enteraran de mis proyectos, harían todo lo posible para tratar de impedirlos. Lo que voy a escribir ahora es una cosa mala y siento vergüenza, pero ¿qué hacer si no? Me parece que ir al jardín de Kamicha es necesario y delicioso, pero no debo hablar de ello con nadie y mucho menos con mis padres. Soy muy desdichada. Y muy feliz al mismo tiempo.

Miércoles Al otro extremo del jardín hay un viejo peral completamente torcido y que tiene una rama bastante gruesa que se inclina hacia la tapia. Si consigo recorrer esa rama hasta la punta, lograré sin dudar escalar la tapia.

Domingo ¡Ya está! ¡Lo del peral ha salido bien! ¡Pero qué miedo he pasado! Por un instante me he encontrado completamente espatarrada con un pie en la rama del peral y el otro sobre la tapia. No me atrevía a soltar la rama del árbol, que todavía agarraba con mi mano. Iba a pedir socorro. Pero al final me lancé. Si me descuido caigo de bruces al otro lado de la tapia, pero recuperé el equilibrio e inmediatamente después pude observar con toda tranquilidad el jardín de Kamicha, que desde allí se dominaba.

Al primer momento no vi más que una zona enmarañada, un auténtico bosque, donde se mezclaban los espinos, unos árboles derribados, las zarzas, helechos de gran altura y también un montón de plantas que yo no conocía. Era todo lo contrario del jardín de papá, tan limpito y tan cuidado. Pensé que nunca me atrevería a descender a aquella selva virgen donde pululaban con toda seguridad los sapos y las serpientes.

Entonces me puse a caminar sobre la tapia. No era fácil, porque de vez en cuando me topaba con un árbol que había apoyado allí su rama con todas sus hojas y yo no sabía dónde podía poner el pie. Además había piedras desprendidas que se movían y otras que resultaban resbaladizas, por culpa del musgo. Pero enseguida descubrí algo sorprendente: allí, apoyada contra la tapia, como si me esperase desde siempre, había una especie de escalera de madera muy gastada que hacía como de rampa, algo así como las escaleras que sirven para subir a los graneros. En cualquier caso, era comodísima para bajar y no sé cómo me las habría apañado sin ella.

Bueno. Ya estoy en el jardín de Kamicha. Hay hierbas altísimas que me llegan a las narices. Tengo que caminar a través de un antiguo sendero abierto en el bosque, y que está casi a punto de desaparecer. Extrañas flores de gran tamaño me acarician la cara. Huelen a pimienta y a harina, un olor muy suave, pero que al mismo tiempo dificulta la respiración. Me sería imposible decir si es un olor bueno o malo. Una diría que las dos cosas a la vez.

Tengo algo de miedo pero la curiosidad me empuja. Todo aquí parece estar abandonado desde hace mucho, mucho tiempo. Es triste y hermoso como una puesta de sol... Doy un rodeo, sigo a través de un corredor hecho con hojas y llego a una especie de claro circular en cuyo centro hay una losa de piedra. ¿Y adivináis quién estaba sentado en aquella piedra? Kamicha en persona, que contempla tranquilamente cómo avanzo hacia él. Es divertido. Me parece que es todavía más grande y más fuerte que en el jardín de papá. Pero es él, no me cabe duda; ningún otro gato tiene un ojo de mantequilla blanca. En cualquier caso está muy tranquilo... casi majestuoso. No huye como un loco, ni acude tampoco a mí para que le acaricie, no..., se levanta y camina con tranquilidad, con la cola levantada como un cirio, y se dirige al otro extremo del claro. Y antes de penetrar bajo los árboles, se detiene y se vuelve como para ver si le sigo. Sí, Kamicha. ¡Voy, voy! Cierra los ojos prolongadamente con un aire satisfecho y vuelve a marcharse con la misma tranquilidad. ¡Lo que es estar en otro jardín! Un auténtico príncipe en su reino.

De este modo vamos dando vueltas y revueltas, siguiendo un sendero que en algunos momentos parece desaparecer del todo entre las hierbas. Y de pronto comprendo que hemos llegado. Kamicha se detiene una vez más, vuelve hacia mí su cabeza y cierra sus ojos de oro con enorme parsimonia[4].

Nos encontramos al borde de un bosquecillo, ante un pabellón con columnas que se alza en el centro de una zona

---

[4] Lentitud.

circular cubierta de un césped muy verde. Se halla rodeado
por una avenida con bancos de mármol rotos y cubiertos de
musgo. Sobre la cúpula del pabellón hay una estatua sentada en un pedestal[5]. Es un joven desnudo con alas en su
espalda. Inclina su ensortijada cabeza con una sonrisa triste
que crea hoyuelos en sus mejillas y alza un dedo hacia sus
labios. Ha dejado caer un arco diminuto, un carcaj[6] y unas
flechas que cuelgan del pedestal.

Kamicha se ha sentado bajo la cúpula. Alza su cabeza
hacia mí. Está tan silencioso como el muchacho de piedra.
Igual que él tiene una misteriosa sonrisa. Se diría que com-
parten el mismo secreto, un secreto algo triste y muy dulce
y que quisieran hacérmelo compartir. Es curioso. Todo aquí
es melancólico: este pabellón en ruinas, estos bancos rotos,
ese césped disparatado, lleno de flores silvestres y... sin embargo experimento una inmensa alegría. Tengo ganas de
llorar y soy feliz. ¡Qué lejos me encuentro de la casa siempre tan perfectamente encerada de mamá y del jardín cuidado de papá! ¿Podré volver allí alguna vez?

Repentinamente doy la espalda al muchacho secreto, a
Kamicha, al pabellón y huyo hacia la tapia. Corro como
una loca y las ramas y las flores golpean mi rostro. Cuando
llego a la tapia no encuentro fácilmente la escalera carco-
mida y peligrosa. ¡Pero, al fin, aquí está! Subo lo más deprisa posible a lo alto de la tapia. El viejo peral. Salto. Estoy en el jardín de mi infancia. ¡Qué claro es todo aquí...
y qué bien ordenado!

Subo a mi habitación. Y lloro durante mucho tiempo, con
fuerza, lloro por nada..., porque sí. Y después duermo du-

---

[5]   Base sobre la que se levanta una estatua.
[6]   Aljaba, caja en forma de tubo en la que se llevan las flechas, col-
gada al hombro.

rante un rato. Cuando me despierto, me miro en el espejo. Mis vestidos no se han ensuciado. No tengo nada. ¡Vaya! ¡Un poco de sangre! Un hilo de sangre en mis piernas. Es curioso. No tengo ningún arañazo. ¿Entonces? Bueno, da igual. Me acerco al espejo y miro mi cara de cerca.

Tengo ojos azules, labios colorados, grandes mejillas rosas y los cabellos rubios y ondulados.

Sin embargo no tengo ya el aspecto de una chiquilla de diez años. ¿A qué me parezco? Levanto mi dedo hacia mis labios rojos. Inclino mi ensortijada cabeza. Sonrío, con un aire misterioso. Me da la impresión de que me parezco al muchacho de piedra...

Entonces veo lágrimas al borde de mis párpados.

Miércoles Desde mi visita al jardín Kamicha se ha hecho muy familiar. Pasa horas tendido con su tripa al sol.

A propósito de su tripa. La verdad es que le encuentro muy redondo. Cada día más redondo.

Debe de ser una gata.

Kamigata.

AMIGOS POR EL VIENTO

Liliana Bodoc (Santa Fe, 1958 – Mendoza, 2018). Seudónimo de Liliana Chiavetta, una de las escritoras más leídas de Argentina. Su primera novela, *Los días del venado* (2000), inicia la trilogía de *La saga de los confines*, obra que la consagró como la mejor representante de la épica fantástica hispanoamericana del siglo XXI, en la tradición de J. R. R. Tolkien. La autora quiso crear «una saga con otra visión del mundo» y eligió un nuevo territorio, la América precolombina. Su narración se puebla de seres extraordinarios y magia. *Amigos por el viento* (2008) es una colección de siete cuentos que aborda el dolor por la pérdida de un ser querido, el amor, la amistad y los conflictos generacionales, con una escritura poética. Ha publicado más de treinta libros dirigidos a todas las edades y obtenido numerosos premios.

Amigos por el viento figura en el libro de relatos homónimo publicado por la editorial Alfaguara en 2008.

A veces, la vida se comporta como un viento: desordena y arrasa. Algo susurra, pero no se le entiende. A su paso todo peligra; hasta lo que tiene raíces. Los edificios, por ejemplo. O las costumbres cotidianas.

Cuando la vida se comporta de ese modo, se nos ensucian los ojos con los que vemos. Es decir, los verdaderos ojos. A nuestro lado, pasan papeles escritos con una letra que creemos reconocer. El cielo se mueve más rápido que las horas. Y lo peor es que nadie sabe si, alguna vez, regresará la calma.

Así ocurrió el día que papá se fue de casa. La vida se nos transformó en viento casi sin dar aviso. Yo recuerdo la puerta que se cerró detrás de su sombra y sus valijas. También puedo recordar la ropa reseca sacudiéndose al sol mientras mamá cerraba las ventanas para que, adentro y adentro, algo quedara en su sitio.

—Le dije a Ricardo que viniera con su hijo. ¿Qué te parece?

—Me parece bien —mentí.

Mamá dejó de pulir la bandeja, y me miró:

—No me lo estás diciendo muy convencida...

—Yo no tengo que estar convencida.

—¿Y eso qué significa? —preguntó la mujer que más preguntas me hizo a lo largo de mi vida.

Me vi obligada a levantar los ojos del libro:

—Significa que es tu cumpleaños, y no el mío —respondí.

La gata salió de su canasto, y fue a enredarse entre las piernas de mamá.

Que mamá tuviera novio era casi insoportable. Pero que ese novio tuviera un hijo era una verdadera amenaza. Otra vez, un peligro rondaba mi vida. Otra vez había viento en el horizonte.

—Se van a entender bien —dijo mamá—. Juanjo tiene tu edad.

La gata, único ser que entendía mi desolación, saltó sobre mis rodillas. Gracias, gatita buena.

Habían pasado varios años desde aquel viento que se llevó a papá. En casa ya estaban reparados los daños. Los huecos de la biblioteca fueron ocupados con nuevos libros. Y hacía mucho que yo no encontraba gotas de llanto escondidas en los jarrones, disimuladas como estalactitas en el congelador, disfrazadas de pedacitos de cristal. «Se me acaba de romper una copa», inventaba mamá, que, con tal de ocultarme su tristeza, era capaz de esas y otras asombrosas hechicerías.

Ya no había huellas de viento ni de llantos. Y justo cuando empezábamos a reírnos con ganas y a pasear juntas en bicicleta, apareció un tal Ricardo y todo volvía a peligrar.

Mamá sacó las cocadas del horno. Antes del viento, ella las hacía cada domingo. Después pareció tomarle rencor a la receta, porque se molestaba con la sola mención del asunto. Ahora, el tal Ricardo y su Juanjo habían conseguido que volviera a hacerlas. Algo que yo no pude conseguir.

—Me voy a arreglar un poco —dijo mamá mirándose las manos—. Lo único que falta es que lleguen y me encuentren hecha un desastre.

—¿Qué te vas a poner? —le pregunté en un supremo esfuerzo de amor.

—El vestido azul.

Mamá salió de la cocina, la gata regresó a su canasto. Y yo me quedé sola para imaginar lo que me esperaba.

Seguramente, ese horrible Juanjo iba a devorar las cocadas. Y los pedacitos de merengue quedarían pegados en los costados de su boca. También era seguro que iba a dejar sucio el jabón cuando se lavara las manos. Iba a hablar de su perro con el único propósito de desmerecer a mi gata.

Pude verlo transitando por mi casa con los cordones de las zapatillas desatados, tratando de anticipar la manera de quedarse con mi dormitorio. Pero, más que ninguna otra cosa, me aterró la certeza de que sería uno de esos chicos que, en vez de hablar, hacen ruidos: frenadas de autos, golpes en el estómago, sirenas de bomberos, ametralladoras y explosiones.

—¡Mamá! —grité pegada a la puerta del baño.

—¿Qué pasa? —me respondió desde la ducha.

—¿Cómo se llaman esas palabras que parecen ruidos?

El agua caía apenas tibia, mamá intentaba comprender mi pregunta, la gata dormía y yo esperaba.

—¿Palabras que parecen ruidos? —repitió.

—Sí. —Y aclaré—: *Plum, Plaf, Ugg...*

¡Ring!

—Por favor —dijo mamá—, están llamando.

No tuve más remedio que abrir la puerta.

—¡Hola! —dijeron las rosas que traía Ricardo.

—¡Hola! —dijo Ricardo asomado detrás de las rosas.

Yo miré a su hijo sin piedad. Como lo había imaginado, traía puesta una remera[1] ridícula y un pantalón que le quedaba corto.

---

[1]   Camiseta, muy frecuente en el español de América.

Enseguida, apareció mamá. Estaba tan linda como si no se hubiese arreglado. Así le pasaba a ella. Y el azul les quedaba muy bien a sus cejas espesas.

—Podrían ir a escuchar música a tu habitación —sugirió la mujer que cumplía años, desesperada por la falta de aire. Y es que yo me lo había tragado todo para matar por asfixia a los invitados.

Cumplí sin quejarme. El horrible chico me siguió en silencio. Me senté en una cama. Él se sentó en la otra. Sin dudas, ya estaría decidiendo que el dormitorio pronto sería de su propiedad. Y que yo dormiría en el canasto, junto a la gata.

No puse música porque no tenía nada que festejar. Aquél era un día triste para mí. No me pareció justo, y decidí que también él debía sufrir. Entonces, busqué una espina y la puse entre signos de preguntas:

—¿Cuánto hace que se murió tu mamá?

Juanjo abrió grandes los ojos para disimular algo.

—Cuatro años —contestó.

Pero mi rabia no se conformó con eso:

—¿Y cómo fue? —volví a preguntar.

Esta vez, entrecerró los ojos.

Yo esperaba oír cualquier respuesta, menos la que llegó desde su voz cortada.

—Fue… fue como un viento —dijo.

Agaché la cabeza, y dejé salir el aire que tenía guardado. Juanjo estaba hablando del viento, ¿sería el mismo que pasó por mi vida?

—¿Es un viento que llega de repente y se mete en todos lados? —pregunté.

—Sí, es ése.

—¿Y también susurra…?

—Mi viento susurraba —dijo Juanjo—. Pero no entendí lo que decía.

—Yo tampoco entendí. —Los dos vientos se mezclaron en mi cabeza.

Pasó un silencio.

—Un viento tan fuerte que movió los edificios —dijo él—. Y eso que los edificios tienen raíces...

Pasó una respiración.

—A mí se me ensuciaron los ojos —dije.

Pasaron dos.

—A mí también.

—¿Tu papá cerró las ventanas? —pregunté.

—Sí.

—Mi mamá también.

—¿Por qué lo habrán hecho? —Juanjo parecía asustado.

—Debe de haber sido para que algo quedara en su sitio.

A veces, la vida se comporta como el viento: desordena y arrasa. Algo susurra, pero no se le entiende. A su paso todo peligra; hasta aquello que tiene raíces. Los edificios, por ejemplo. O las costumbres cotidianas.

—Si querés vamos a comer cocadas —le dije.

Porque Juanjo y yo teníamos un viento en común. Y quizá ya era tiempo de abrir las ventanas.

EL DESENGAÑO

EL DESENGAÑO

SUCKER

Carson McCullers (Columbus, 1917 – Nyack, Nueva York, 1967). Novelista estadounidense. Sus obras evocan la sociedad rural donde transcurrió su infancia, y su vida queda reflejada en muchas de ellas. Sus escritos destacan por la capacidad de reflejar las diferentes voces de sus personajes y por la penetración psicológica con que construye sus estados de ánimo. Novelas importantes: *El corazón es un cazador solitario* (1940), *Reflejos en un ojo dorado* (1941) y *La Balada del café triste* (1951). Colecciones de cuentos: *Dulce como la salmuera y limpio como un cerdo.*

Este relato está tomado del volumen titulado *Antología de la Literatura Universal Comparada,* de Julián Rodríguez (Universidad de Murcia, 1991).

Siempre pensé tener una habitación. Sucker[1] compartió la cama conmigo pero eso no me molestó. El cuarto fue mío y lo usé como quería. Recuerdo una vez que construí una trampa en el piso. El año pasado, cuando estaba en el primer año de la preparatoria[2], pegué unas fotos de muchachas en la pared; las había sacado de una revista y una de ellas sólo llevaba ropa interior. Mi madre no me molestó nunca porque tenía que cuidar a mis hermanas menores. Para Sucker, todo lo que hacía estaba muy bien.

Cuando llevaba a mis amigas a casa sólo tenía que mirar brevemente a Sucker para que él dejara lo que estuviera haciendo, me sonriera y saliera sin decir nada. Nunca llevó a otros niños. Tenía doce años, cuatro menos que yo, y siempre sabía, sin que hiciera falta decírselo, que no me gustaba tener a niños de su edad metiéndose en mis asuntos.

La mitad del tiempo me olvidaba de que Sucker no era mi hermano. Es mi primo, pero no recuerdo que jamás haya vivido lejos de nosotros. Su familia murió en un accidente cuando era un bebé y para mí y mis hermanas menores él era un hermano.

Sucker solía recordar y creer todo lo que se decía. Por eso le pusieron ese apodo. Hace varios años le dije que si

---

[1] Apodo inglés que quiere decir simplón, inocentón.
[2] Equivalente al segundo ciclo de Secundaria.

saltaba del techo del garaje sujetando un paraguas, éste funcionaría como paracaídas y no aterrizaría con mucha fuerza. Me creyó y se lastimó la rodilla. Éste sólo es un ejemplo. Lo extraño era que seguía creyéndome todo a pesar de las muchas veces que lo engañé. No era tonto en otras cosas; simplemente se comportaba así conmigo. Observaba todo lo que yo hacía y lo aceptaba como bueno.

Aprendí una cosa con él, pero me siento mal por ella, además de que no se entiende fácilmente. Si una persona admira a uno mucho, entonces uno empieza a despreciarla y no valoramos su conducta; uno suele admirar a la persona que lo ignora. No es fácil comprender eso. Maybelle Watts, una alumna del último año de la escuela, se comportaba como si fuera la Reina de Saba y algunas veces llegó a humillarme. Sin embargo hubiera hecho cualquier cosa en el mundo para gustarle. Lo único en lo que pensaba todos los días y todas las noches era en Maybelle, hasta que casi me volví loco. Cuando Sucker era un niño, hasta que cumplió doce años, lo trataba tal y como Maybelle me trataba a mí.

Ahora que Sucker ha cambiado tanto que resulta difícil recordar cómo era antes, nunca imaginé que de repente algo pasaría y nos cambiaría a los dos. No supe que, para ordenar mentalmente lo que había pasado, tendría que recordarlo como era antes, compararlo y tratar de llegar al fondo del asunto. Si hubiera podido prever el futuro, quizá me hubiera comportado de otra forma.

No pensaba mucho en él por aquel entonces y, considerando cuánto tiempo compartimos el mismo cuarto, resulta extraño que sólo recuerde muy pocas cosas suyas. Solía hablar mucho a solas cuando pensaba que estaba solo acerca de peleas con criminales y la vida que se llevaba en los ranchos del oeste y otras cosas igualmente infantiles. Entraba al baño, pasando horas ahí, y algunas veces el tono de su voz subía, se excitaba y se podía escuchar por toda la casa. En general, sin embargo, estaba muy callado. No tenía muchos amigos en el vecindario y su cara mostraba la expresión de un niño que está observando un juego y espera que lo inviten a participar. No le importaba ponerse mis suéteres y mis abrigos viejos, a pesar de que, en consecuencia, las muñecas de sus brazos parecían tan delgadas y blancas como las de una niña. Ésa es la imagen que retengo de esa época —crecía un poco todos los años pero siempre conservaba la misma apariencia y el mismo comportamiento. Así era Sucker hasta hace pocos meses, cuando empezó el problema.

De alguna manera Maybelle estaba involucrada en todo lo que pasó; supongo que tendré que empezar describiéndola. Hasta que la conocí no me importaban mucho las muchachas, pero durante el otoño pasado, ocupaba el asiento junto al mío en la clase de Ciencia General, y entonces me impresionó por primera vez con su presencia. Su pelo era rubio, muy brillante, y de vez en cuando traía un peinado de rizos detenidos con alguna sustancia pegajosa. Sus uñas eran puntiagudas y pintadas de un rojo muy vivo. Durante toda la clase la observaba, casi todo el tiempo, excepto cuando parecía que se volvía hacia mí, o cuando el maestro me hablaba. En primer lugar no podía quitar la vista de sus manos. Eran muy pequeñas y blancas, aparte de las uñas, y al pasar las páginas de sus libros siempre se mojaba el pulgar, extendía el meñique y las pasaba muy lentamente. Resulta imposible describir a Maybelle con exactitud. Todos los muchachos estaban locos por ella, que me ignoraba a mí. Me llevaba dos años. Entre las clases trataba de pasar muy cerca de ella, en los pasillos, pero pocas veces lograba sacarle una sonrisa. Lo único que podía hacer era sentarme y verla en el salón de clases; y algunas veces me parecía que todos podían oír el latir de mi corazón; entonces sólo quería gritar o salir y correr hacia el Infierno.

Durante las noches, acostado, pensaba en Maybelle. Frecuentemente esos pensamientos me impedían dormir hasta la una o las dos de la mañana, y de vez en cuando Sucker se despertaba y me preguntaba por qué no me podía estar quieto; siempre le decía que se callara. Supongo que muchas veces me comportaba de forma ruda con él por la necesidad de despreciar a alguien, así como Maybelle me despreciaba a mí, y su cara siempre expresaba cuánto lo hería. No recuerdo todos los comentarios feos que hice porque, mientras los pronunciaba, pensaba en Maybelle.

Así pasaron casi tres meses y entonces, por alguna razón, Maybelle empezó a cambiar. Me hablaba en los pasillos y todas las mañanas copiaba la tarea. Una vez bailé con ella, a la hora de la comida en el gimnasio. Una tarde reuní mucho valor y visité su casa llevando una caja de cigarros. Sabía que fumaba en el baño de las muchachas y de vez en cuando fuera de la escuela, y no quería llevarle dulces porque me parecía una costumbre anticuada. Estuvo muy amable ese día y creí sentir que todo mejoraría.

Esa noche fue cuando empezaron los problemas. Entré a la habitación muy avanzada la noche y Sucker ya dormía. Me sentí demasiado feliz y animado como para poder acostarme y me quedé despierto, pensando en Maybelle por mucho tiempo. Entonces soñé con ella y me pareció que la besaba. Me asombré al despertar y ver la oscuridad. Me quedé quieto durante un rato antes de recobrar la conciencia y darme cuenta de dónde estaba. No se escuchaba ningún ruido y era una noche muy oscura.

La voz de Sucker me asustó.

—¿Pete?...

No le contesté ni me moví.

—Me quieres como si fuera tu hermano, ¿verdad, Pete?

No logré superar el asombro y creí que éste era el sueño, en vez del otro.

—Te he caído bien siempre, como si fuera tu propio hermano, ¿no es así?

—Claro que sí —contesté.

Entonces me levanté unos minutos. Hacía frío y me gustó regresar a la cama. Sucker se apretó contra mi espalda. Lo sentí pequeño y cálido y su respiración me calentaba el hombro.

—A pesar de todo lo que me decías, siempre supe que te caía bien.

Estaba muy despierto y mi mente estaba confundida extrañamente. En primer lugar por mi alegría por Maybelle y todo eso, pero al mismo tiempo algo de Sucker y el tono de su voz, al decir esas cosas, me hicieron escucharle. De todos modos supongo que uno puede entender mejor a la gente cuando está feliz, y no cuando está preocupado. Era como si nunca hubiera pensado conscientemente en la existencia de Sucker hasta ese momento. Sentí que siempre me había comportado mal con él. Una noche, varias semanas antes, había escuchado que lloraba en la oscuridad. Me comentó que había perdido el rifle de juguete de un niño y le daba miedo confesarlo. Quería que le dijera qué hacer. Tenía sueño, le dije que se callara y como no lo hizo le di una patada. Ésta era sólo una de las cosas que recordaba aquella noche. Me pareció que siempre había sido un niño solitario. Me sentí mal.

Por alguna razón las noches oscuras y frías hacen que uno se sienta más cercano a la persona con la que se está durmiendo. Cuando se platica[3] así es como si se fueran las únicas personas despiertas en todo el mundo.

---

[3]   Se platica: se habla.

—Eres un niño muy simpático, Sucker —dije.

De repente me pareció que me caía mejor que cualquiera, mejor que cualquier otro muchacho, mejor que mis hermanas, mejor, en cierta forma, que Maybelle. Me sentí muy bien y era un ambiente así como los de las películas cuando tocan musica triste. Quería demostrarle a Sucker todo lo que sentía por él y compensar así la manera en la que siempre lo había tratado.

Hablamos durante mucho tiempo esa noche. Sus palabras salieron apresuradamente y pareció que había estado guardando todos esos pensamientos desde hacía mucho tiempo, sólo para decírmelos. Mencionó que quería construir una canoa y que los niños no le dejaban entrar en el equipo de fútbol americano y no sé cuántas cosas más. También le conté cosas y me sentí bien al saber que él escuchaba con mucho interés todo lo que yo decía. Aún hablé de Maybelle un poco, sólo que modifiqué la historia para que pareciera que ella me había estado persiguiendo a mí todo el tiempo. Me preguntó cosas de la preparatoria y más. Estaba muy emocionado y siguió hablando con mucha velocidad, como si no le alcanzara el tiempo para decir todo. Cuando me dormí, estaba hablando y sentí su respiración en el hombro, cálida y cercana.

Durante las semanas siguientes vi mucho a Maybelle. Se comportaba como si de veras sintiera algo por mí. Casi todo el tiempo me sentí tan a gusto que apenas supe qué hacer conmigo mismo.

Sin embargo, no olvidé a Sucker. Tenía guardadas muchas cosas viejas en un cajón del armario —guantes de boxeo, libros de Tom Swift y aparejos de pescar, de regular calidad. Le regalé todo. Hablamos más y de verdad pareció que lo estaba conociendo por primera vez. Cuando apareció un corte largo en su mejilla supe que había estado jugando con mi primera rasuradora[4], pero no dije nada. Su rostro parecía distinto ahora. Antes parecía tímido, como si temiera que alguien le fuera a pegar en la cabeza. Esa expresión había desaparecido. Su cara, con esos ojos abiertos, las orejas salidas y la boca entreabierta, tenía la mirada de una persona asombrada que esperaba ver algo agradable.

Una vez empecé a señalárselo a Maybelle para decirle que era mi hermano menor. Era una tarde en que se pasaba una película de misterio y crímenes en el cine. Había ganado un dólar, trabajando para mi papá, y le di veinticinco centavos a Sucker para que comprara dulces y otras cosas. Con lo que quedaba llevé a Maybelle. Estábamos sentados en la parte de atrás y vi entrar a Sucker. Empezó a mirar fijamente la pantalla en el momento que pasó el recogedor de los boletos y siguió su camino tropezando por el pasillo sin darse cuenta de nada. Empecé a señalárselo a Maybelle, pero no logré asegurarme de si lo debía hacer o no. Sucker parecía medio tonto; caminaba como un borracho con los ojos pegados a la pantalla. Limpiaba los lentes frotándolos contra la camisa y sus pantalones cortos le quedaban demasiado grandes. Siguió hasta llegar a las primeras filas donde normalmente se sientan los niños. Finalmente no se lo señalé a Maybelle. Pero pensé que me sentía bien teniéndolos a los dos en el cine con el dinero que yo había ganado.

Supongo que las cosas siguieron igual durante un mes o seis semanas, más o menos. Me sentía tan bien que no lograba concentrarme en los estudios ni en nada. Quería ser amable con todos. Había momentos en que simplemente tenía que hablar con alguien, y normalmente platicaba con Sucker. Estaba tan feliz como yo. Una vez dijo:

---

[4] Maquinilla de afeitar.

—Pete, soy más feliz porque seas mi hermano que por cualquier otra cosa del mundo.

Entonces algo pasó entre Maybelle y yo. Todavía no logro entender qué fue; es muy difícil entender a las muchachas que son como ella. Empezó a comportarse de manera distinta. Al principio no quise creerlo y traté de convencerme de que sólo lo imaginaba. Ya no parecía tan contenta de verme y muchas veces salía a dar una vuelta con un tipo del equipo de fútbol americano que tenía un coche deportivo amarillo, del mismo color que su pelo. Después de la escuela salía con él, riéndose y mirándole a la cara, todos los días. No sabía qué hacer y pensaba en ella todo el tiempo. Cuando tuve nuevamente la oportunidad de salir con ella estaba irritable y me ignoraba. Eso me hizo pensar que algo andaba mal. Empecé a preocuparme por el ruido que hacían mis zapatos al caminar, o por el cierre del pantalón o los chichones en mi mentón. Algunas veces, cuando Maybelle estaba cerca, un diablo se metía en mi cuerpo, ponía la cara tiesa y les hablaba a los adultos con sus apellidos, sin decir «señor», y decía cosas rudas. Por las noches me preguntaba qué era lo que me hacía actuar de esa forma, durante mucho tiempo y sin dormir nada.

Al principio me preocupaba tanto que ignoraba a Sucker. Después empezó a irritarme. Siempre me estaba esperando en el cuarto cuando regresaba de la escuela y todo el tiempo parecía que me quería decir cosas o esperaba que yo le contara algo. Me hizo un anaquel para guardar revistas en la escuela y una semana ahorró todo el dinero de sus comidas para comprarme tres cajetillas de cigarrillos. Todas las tardes era lo mismo: se encontraba en el cuarto con una expresión de esperanza en la cara. Yo no le decía nada, o le hablaba de manera violenta hasta que finalmente salía.

No puedo dividir el tiempo para decir que una cosa pasó un día y otra al siguiente. En primer lugar estaba tan confundido que las semanas pasaban y se mezclaban mientras me sentía como si estuviera en el infierno; nada me importaba. No se hacía ni decía nada definitivo. Maybelle seguía saliendo con ese tipo del coche deportivo amarillo y algunas veces me sonreía y otras no. Todas las tardes iba de un lugar a otro esperando encontrarla. Cuando así sucedía se comportaba de una manera casi amable y pensaba que por fin se aclararían las cosas y le gustaría; o también actuaba de forma tal que, si no hubiera sido una muchacha, le hubiera agarrado ese pequeño cuello blanco para estrangularla. Cuanta más vergüenza sentía por estar haciendo el ridículo, más la seguía.

Sucker me irritaba más y más. Me acusaba con la mirada, pero al mismo tiempo parecía que estaba seguro de que pronto mejorarían las cosas. Crecía rápidamente y por alguna razón empezó a tartamudear al hablar. De vez en cuando tenía pesadillas y devolvía después del desayuno. Mi mamá le compró una botella de aceite de hígado de bacalao.

Entonces Maybelle y yo nos separamos definitivamente. La vi entrar en la farmacia y la invité a salir conmigo. Cuando dijo que no quería hacerlo, contesté con alguna frase sarcástica[5]. Entonces me respondió que ya estaba completamente harta de mí y que nunca le había importado nada. Todo eso me dijo, y yo sólo me quedé parado sin poder contestarle. Lentamente regresé a casa.

Durante varias tardes me quedé en el cuarto a solas. No quería ir a ningún lado ni hablar con nadie. Cuando Sucker entraba y me miraba de manera extraña le gritaba que se

---

[5] Mordaz, con tanta ironía y burla que ridiculiza o humilla cruelmente.

fuera. No quería pensar en Maybelle y me pasaba el tiempo leyendo *Mecánica Popular* o tallando un soporte de madera para cepillos de dientes. Me pareció que estaba superando bien el rechazo.

Sin embargo, no es posible evitar lo que pasa por las noches. Eso fue lo que creó la situación actual.

Varias noches después de que Maybelle me dijera esas palabras volví a soñar con ella. El sueño era igual al primero que había tenido de ella y apreté el brazo de Sucker con tanta fuerza que se despertó.

—Pete, ¿qué te pasa?

De repente empezó a ahogarme el coraje que sentía, estaba enojado conmigo mismo, con el sueño, con Maybelle y Sucker y con todas las personas que conocía. Recordé todas las veces que Maybelle me había humillado y lo malo que me había pasado durante toda la vida. Por un segundo me pareció que nadie me querría jamás, excepto un tonto como Sucker.

—¿Por qué ya no somos amigos como lo fuimos antes? ¿Por qué...?

—¡Calla tu maldita boca! —retiré las mantas, me levanté y encendí la luz. Él se quedó sentado en medio de la cama, pestañeando y asustado.

Había algo dentro de mí que no lograba controlar. No creo que nadie se pueda enojar de esa manera más de una vez en toda la vida. Las palabras me salían sin que me diera cuenta de lo que expresaban. Después recordé todo lo que había dicho y vi la situación de manera muy clara.

—¿Por qué no somos amigos? ¡Porque eres el patán más tonto que jamás he conocido! ¡A nadie le importas nada! ¡Sólo porque sentí lástima de ti en algunas ocasiones y traté de comportame de manera decente, no significa que me importe un comino un estúpido como tú!

Si hubiera gritado o le hubiera pegado, no hubiera sido tan malo. Pero pronunciaba cada palabra lentamente y estaba muy calmado. La boca de Sucker estaba entreabierta y parecía como si acabara de golpearse un codo. Su cara estaba blanca y el sudor le cubría la frente. Se lo quitó con el dorso de la mano y por un momento mantuvo el brazo en esa posición, como si tratara de alejar algo de sí mismo.

—¿No te das cuenta de nada? ¿No has estado por aquí para nada? ¿Por qué no te consigues una novia en vez de molestarme? ¿Qué clase de maricón quieres ser?

No sabía qué iba a decir. No me podía controlar ni pensar. Sucker no se movió. Tenía puesto uno de mis pijamas y su cuello parecía delgado y pequeño. Su pelo estaba húmedo sobre la frente.

—¿Por qué siempre te quedas cerca de mí? ¿No notas cuando no te quieren?

Después recordé la manera en que se modificó la cara de Sucker. Poco a poco desapareció la mirada borrosa y cerró la boca. Los ojos se le achicaron y cerró los puños. Nunca me había mirado así antes. Pareció envejecer a medida que pasaban los segundos. Una expresión dura apareció en sus ojos, una mirada extraña en un niño. Una gota de sudor rodó por su mentón y no se dio cuenta. Simplemente se quedó mirándome, sin decir nada, su cara estaba dura e inmóvil.

—No, no sabes cuando no te quieren. Eres demasiado tonto. Como tu nombre, Sucker estúpido.

Era como si algo hubiera reventado dentro de mí. Apagué la luz y me senté en la silla junto a la ventana. Las piernas me temblaban y estaba tan cansado que hubiera podido llorar. El cuarto estaba frío y oscuro. Me quedé ahí durante mucho tiempo y fumé un cigarrillo aplastado que había guardado. Afuera todo estaba negro y silencioso. Después de un tiempo oí cómo se acostaba Sucker.

Ya no estaba enojado, sólo cansado. Me pareció horrible que le hubiera hablado así a un niño de sólo doce años. No lo comprendí por completo. Me dije que iría a pedir perdón, pero me quedé sentado en el frío durante mucho tiempo. Planeé cómo arreglarlo por la mañana. Entonces, tratando de no hacer sonar los resortes, me acosté.

Sucker ya no estaba cuando desperté por la mañana. Más tarde, cuando quise pedirle perdón, me miró de manera dura y no pude pronunciar ni una palabra.

Todo eso pasó hace dos o tres meses. Desde entonces Sucker ha crecido rápidamente, más que cualquiera que yo conozca. Casi está tan alto como yo y sus huesos se han vuelto más pesados y más sólidos. Ya no quiere usar mi ropa vieja y se ha comprado su primer pantalón largo con tirantes de cuero. Ésas son las modificaciones más obvias y fáciles de describir.

Nuestro cuarto ya no es el mío. Ha reunido a un grupo de niños en una especie de club. Cuando no están excavando trincheras en algún lote[6] baldío o peleándose, se encuentran en mi habitación. En la puerta hay alguna tontería escrita con pintura que dice «Maldición al Extraño que Entre», firmada con unos huesos cruzados y sus iniciales secretas. Ha construido una radio y todas las tardes está encendida a todo volumen. Una vez escuché a un muchacho comentar algo, en voz baja, acerca de lo que pasó en el asiento trasero del coche de su hermano mayor. Adiviné lo que no logré escuchar. Eso es lo que ella y mi hermano hacen. Es cierto, estacionan el coche y hacen eso. Por un momento Sucker parecía sorprendido y su cara estaba casi como solía estar antes. Entonces se puso dura de nuevo.

---

[6] Solar.

—Por supuesto, idiota. Todos sabemos eso.

Me ignoraron. Sucker empezó a decirles que quería irse a Alaska como cazador, dentro de dos años.

Sin embargo, la mayor parte de su tiempo libre lo pasa solo y lo peor es cuando estamos solos en el cuarto. Se tira en la cama con ese pantalón largo de pana y se pone a mirarme fijamente con esos ojos duros y burlones. Juego con diferentes cosas en el escritorio y no me puedo sentir a gusto, por causa de su mirada. El problema es que me hace falta estudiar porque ya he suspendido tres exámenes en este semestre. Si no apruebo inglés no me puedo graduar el año que viene. No quiero ser un vago y simplemente tengo que concentrarme. No me importa nada Maybelle ni ninguna otra muchacha en especial; únicamente esta cosa entre Sucker y yo me molesta ahora. No conversamos nunca, excepto cuando es absolutamente necesario ante la familia. Ya no quiero decirle Sucker y, aparte de las ocasiones en que se me olvida, lo llamo por su verdadero nombre, Richard. Por las noches no puedo estudiar cuando está él en el cuarto y tengo que ir a perder el tiempo enfrente de la farmacia, fumando y no haciendo nada con los tipos que siempre están allí.

Más que nada quiero volver a tener la conciencia tranquila. Antes no hubiera creído posible que extrañara el tiempo en que Sucker y yo fuimos amigos de manera agradable y triste. Pero todo ha cambiado tanto que parece no haber remedio. Pienso que tal vez una verdadera pelea ayudaría, pero no puedo pelear con él porque le llevo cuatro años. Y otra cosa: algunas veces su mirada casi me convence de que, dada la oportunidad, Sucker me mataría.

LA PRINCESA QUE SE ANDABA
EN LA NARIZ

Mercedes Chozas (Madrid, 1952) se ha dedicado a la enseñanza de la literatura y a escribir. Obtuvo el segundo Premio Nacional de Literatura Infantil en 1979 por *Palabras de cuento*, y el primer premio de Austral por *La mirada, la memoria y la voz de Valle,* trabajo hecho con sus alumnos de COU en 1995. Su narrativa se dirige a los niños y a los adultos, y entre sus obras destacan: *Miulina, Las tres voces de Marina, Con los brazos abiertos* y *Sus labores.*

Mercedes Chozas escribió *La princesa que se andaba en la nariz* en 1998.

Cuando era pequeña quería parecerme a muchas personas. En el colegio quería parecerme a dos niñas que me atraían con la misma fuerza a pesar de comportarse de manera contraria.

Una era bajita, vivaracha, con un pelo liso y escaso, del color de la mostaza, traviesa y deslenguada. Siempre tenía los dedos manchados de tinta y, al escribir, iba dejando sus huellas azules sobre las cuartillas como un rastro que condujera a algún lugar secreto. Se llamaba Silvia y a mí me daba envidia su desorden resuelto y su audacia para decir lo que se le antojara en cualquier momento.

La otra era alta, tenía el pelo marrón, tan rizado y tan abundante que siempre se lo ataba en una coleta gorda que le escondía el cuello y no dejaba ver la pizarra a quien se sentara detrás. Era pausada y segura. Sus movimientos parecían regalados por un más allá en que todo tenía un sitio exacto. Cogía la pluma entre el índice y el pulgar sin ninguna vacilación y la sujetaba con vigor y delicadeza. Sus cuartillas siempre estaban impolutas [1] y, cuando escribía, iba llenando los renglones en líneas iguales, con una letra redonda y un poco apretada que se inclinaba hacia la derecha. La llamaban Patamen y a mí me daba envidia su orden heredado y su elegancia.

---

[1] Sin mancha.

En casa de Silvia jugábamos a las tinieblas en un cuarto lleno de armarios y cachivaches. Bajábamos la persiana, apagábamos la luz y chillábamos como locas con los sobos de quien la pagaba, sobre todo si se trataba de sus dos hermanos, Manolo, que tenía catorce años, las manos largas y siempre iba de farol; o Ñaño, con doce, suave y tímido. Todas estaban coladas por Manolo y él se chuleaba vacilando todo el rato; a mí me gustaba Ñaño y en medio de las tinieblas hacíamos manitas.

A casa de Patamen íbamos a hacer trabajos de ciencias porque allí podíamos consultar las mejores enciclopedias de animales a nuestras anchas. Nos sentábamos alrededor de una mesa oscura y resumíamos lo más importante, luego calcábamos el dibujo y le dábamos color en el único cuarto de aquella casa que no parecía de niñas. Al terminar, su madre nos llamaba desde la cocina, donde nos recibía con una merienda de rechupete, chocolate con churros y bizcochos. Patamen era la segunda de cinco hermanas seguidas y un hermano pequeño al que tenían requetemimado y al que nosotras hacíamos rabiar sacándole la lengua.

Los días en que copiaba a Silvia, me soltaba unos mechones de pelo sobre la frente aunque no me cayeran como a ella porque el pelo fosco no pesa y se disparata hacia arriba. Me mordía las uñas, me limpiaba las manos de tinta en el babi, llenaba los bolsillos de papeles y hacía una letra que se erguía o se abultaba de repente, formando líneas parecidas a montañas. Decía «cuatro y cuatro ocho, mierda para ti y para mí un bizcocho», si alguien me pedía que me apartase, y «jolines» cada dos palabras. Ponía una pierna doblada sobre la silla y me sentaba mal adrede, y, si me preguntaban en clase, respondía como si la nota me trajera sin cuidado.

Cuando me quería parecer a Patamen, alineaba los libros en el pupitre y colocaba en los huecos las cosas que mejor encajaran: el tintero, la goma gorda, la regla, el estuche, el secante. Revisaba los forros y las etiquetas y, si ya estaban muy usados, los cambiaba. Doblaba el pañuelo en cuatro y sólo utilizaba una puntita, guardándolo en el babi, al que mantenía limpio y sin arrugas. Hacía todas las letras del mismo tamaño y apoyaba las manos como si no pesasen para no manchar las hojas. En clase me mantenía erguida y contestaba con calma y seguridad.

El fastidio era que no terminaba de copiar bien, por mucho que afinara nunca conseguía ni ser Silvia ni ser Patamen. Me quedaba a mucha distancia de mis modelos y me salía una caricatura. Aunque llevase los calcetines medio comidos, no llegaban a desaparecer del todo como le ocurría a Silvia. Y cuando me sentía orgullosa por haber contestado «sacamuelas» a la pregunta de «¿me cuelas?», a ella le oía palabras inimaginables que parecían sacadas de la bolsa de un bandolero. Decía «maricojuñeta», «rica, rasca, rasca, que te pica». Y cientos de frescas que yo oía con reverencia. Y por mucho que me desgañitara en el patio o me moviera de aquí para allá, los gritos de Silvia eran mucho más agudos y su figura estaba en todas partes a la vez.

Con Patamen la copia se complicaba más porque yo no me conformaba con la simple apariencia de orden, yo pretendía alcanzar su desenvoltura, su naturalidad para hacer las cosas bien, como si no se pudiesen hacer de otra manera. Cuando jugábamos a balón prisionero, su modo de coger la pelota era perfecto, y no me cansaba de mirarla para aprender. Su posición era el centro y en primera línea, donde le caían unos pepinazos tremebundos. Los recibía encogiéndose sobre sí misma sin separar los codos del cuerpo, con las dos manos arqueadas y dispuestas según la medida del balón. Luego, para lanzar la pelota, cogía carrerilla y con el brazo derecho impulsado desde atrás, disparaba un tiro que rompía las filas contrarias. Y lo más increíble era que después del partido su coleta no se había deshecho y sólo delataban algo de fatiga unas gotas de sudor apenas visibles en la parte alta de la frente, junto al pelo. Yo, sin embargo, terminaba siempre en el bando de las prisioneras, con la cara a punto de estallar, sin haber logrado esconder los agujeros por los que se me colaban todos los balones.

Además había otra pega, y supongo que eso sería lo más importante, y era que yo nunca hubiera podido ser ni la una ni la otra, porque era una mezcla de las dos. Me agotaba fingir orden y seguridad, y tampoco aguantaba muchos días seguidos de niña alocada y a medio hacer. Siempre me he quedado en las medias tintas, con la impresión de ser la más divertida de los aburridos y la más aburrida de los divertidos; y, así, podría seguir hasta el agotamiento porque, en efecto, creo que soy la más lista de los tontos y la más tonta de los listos, o la más buena de los malos y la más mala de los buenos.

Por suerte esto me pasaba sólo en el colegio, en vacaciones o en casa era muy distinto; ahí me sentía libre, no tenía que demostrar nada; la vida iba haciéndose naturalmente. Con diez años yo era la mayor de seis hermanos, tres chicos y tres chicas, y cada uno iba ocupando el sitio que le dejaban los otros, sin más complicaciones que alguna pelea de vez en cuando. Las reglas estaban muy claras: si te salías de tu sitio te podían llover porrazos de todas partes, pero si respetabas a los de al lado, se sobrevivía en paz.

En verano íbamos a Raxó, un pueblecito pesquero a las orillas de la ría de Pontevedra, donde vivíamos casi tres meses de independencia, sin que nadie nos vigilara ni exigiera otra cosa de nosotros más que aparecer a las horas de la comida y de la cena; y donde podía dar rienda suelta a todos los parecidos que quisiese. Allí me encontraba con Juana, una amiga que me había buscado mi abuela en la playa. Nos conocimos con cinco años, cuando las dos ya arrastrábamos tres hermanos detrás y buscábamos otra niña de la misma edad que no necesitase ser cuidada. Aquella mañana estábamos haciendo un pozo. Cada día, al llegar a la playa, mi abuela nos animaba a construir algo antes de bañarnos. Golpeaba dos conchas de vieira [2] que llevaba colgadas al cuello como si fuese una peregrina, y con voz de mando decía: «un volcán». Y entonces todos los niños se acercaban y cumplían la orden junto a nosotros. Aquella mañana mandó hacer un pozo, y nos fuimos hacia la orilla para que fuera un pozo con agua. El mío era demasiado estrecho y apenas me cabía la mano; el de Juana era ancho y hermoso, en el fondo tenía agua y le había puesto algas alrededor. A mi abuela le gustó más que ninguno y me llevó a verlo. «No es un pozo, es un estanque —dije—, pero es más bonito que el mío». Y nos pusimos a buscar cangrejos y almejas para que pareciera de verdad.

A partir de entonces nos entendimos. Las dos estábamos hartas de ser las mayores y queríamos ser distintas de lo que éramos. Si alguien nos hubiese preguntado a quién deseábamos parecernos, las dos habríamos respondido sin vacilar que nuestro mayor deseo era ser chicos hasta los doce años para ser brutos y libres, y después regresar a la forma de mujeres para ser madres. Nuestros hermanos inmediatos eran varones. Pegaban duro con el puño cerrado, sabían muchísimas palabrotas y nadie les obligaba a poner la mesa ni a vestir a los más pequeños. Para parecernos a ellos, es-

---

[2] Molusco que vive entre dos conchas grandes, una plana y otra abombada. También se llama así a la concha que es el símbolo del peregrino que hace el Camino de Santiago.

calábamos las rocas del muro de la playa de Sinás. Enormes y muy lisas, nos triplicaban en altura y llegar hasta la cima suponía una proeza. Había que subir muy despacio, avanzando poco a poco, con los dedos de los pies y de las manos metidos en las grietas de la pared. Nunca conseguimos culminar porque éramos bastante patosas y las alturas nos daban mucho miedo, pero conseguimos unos cuantos arañazos, muchas rozaduras y endurecer la piel. Una vez en el suelo, contábamos las señales a ver quién tenía más y a la mañana siguiente volvíamos a repasarlas y discutíamos si quedarían cicatrices o no. También considerábamos como parte de nuestra educación masculina tirar piedras, andar descalzas, mancharnos con chapapote[3], escupir lo más lejos posible y no peinarnos. Así que, durante los días en que queríamos ser chicos andábamos despelujadas, con los bolsillos llenos de piedras, las zapatillas sujetas al cuello por los cordones, el tizne del alquitrán ennegreciéndonos brazos y pantorrillas, y la boca preparada para una descarga de salivazos. Lo curioso es que mientras nos duraba la murga de los chicos, no nos juntábamos con ellos. Nuestras imitaciones eran secretas y ni sometidas a tortura las hubiésemos revelado.

En otra cosa coincidíamos las dos: en la inconstancia. Nos atraían tantos modelos que los variábamos con mucha frecuencia a lo largo del verano, sin que nos importara la continuidad entre unos y otros. Nada tenía que ver con el aprendizaje masculino otro de nuestros calcos favoritos: el de Susana, que nos atraía con una mezcla de rechazo por lo que tenía de cursi y de seducción porque nos encandilaba. Era la hermana mayor de Ana Rosa, la musa de los contor-

---

[3]   Nombre que se da en Galicia al alquitrán.

nos, una mezcla de Rocío Dúrcal y la jovencita del anuncio del plan Ponds, belleza en siete días, pretendida por todos los chicos mayores. Estábamos seguras de que podía ser la novia de Adamo o de Los Brincos, y por mucho que la mirábamos, nunca veíamos ningún defecto en su físico, ni siquiera en los pies que considerábamos perfectos. La remedábamos en la playa, bien cerca del original. Primero, sacudíamos las toallas y, sólo si estaban sin arena y sin arrugas, nos sentábamos cruzando una pierna sobre la otra y, al levantarnos, estirábamos la punta de los pies como si bailásemos. Nos bajábamos los tirantes del bañador por debajo de los hombros, cogíamos unas conchas y hacíamos que nos dábamos crema mirándonos a una piedra plana que era el espejo. Después nos tumbábamos muy estiradas y nos poníamos dos lapas[4] encima de los párpados. El único problema era que Ana Rosa nos llamaba idiotas y memas cada vez que nos pillaba, y entonces empezábamos a discutir gritando que podíamos jugar a lo que quisiésemos, y terminábamos enfadadas.

Otro de nuestros modelos preferidos eran las pescadoras, con las patelas[5] rebosando de peces sobre sus cabezas, sin que el bamboleo de los andares alterase la carga, igual que bandejas volantes. Para copiarlas, nos escondíamos donde nadie pudiera ver cómo se nos caían los cestos y las canastas que nos colocábamos en la cabeza. Tampoco nos cansábamos de mirarlas, tan erguidas y a la vez tan onduladas, con sus caderas oscilando a derecha e izquierda, el cuello alto y redondos los brazos. Tiesas al caminar y tranquilas

---

[4]   Conchas en forma triangular de una longitud de unos dos centímetros, que pertenecen a unos moluscos que se pegan fuertemente a las rocas.
[5]   Cestas con forma cuadrada y plana que se utilizaban en Galicia para llevar el pescado.

en reposo, con una mano en la cintura y la otra acompañando a las palabras, inquieta y descarada, y, allí arriba, en el aire, la carga ajena a lo que ocurría abajo. Algunas se iban a las rocas para limpiar el pescado y nosotras las seguíamos. «¡Eh, rapazas!, ¿queredes destripar os peixes?». Y en esos momentos sí que éramos felices metiendo las manos en el amasijo blando que nos manchaba de sangre, nos salpicaba y nos marcaba con su olor. Se introducía un dedo para rasgar la piel y arrastrar los desperdicios con decisión según veíamos hacer a las mujeres, y, luego, sumergíamos el pez en el agua para lavarlo bien. Las sardinas brillaban como hojas de cuchillos, y si las cogías por la cola, parecía que nadaban. A veces se nos rompía alguna o se escapaba, y nos caía un buen capón por parvas[6].

Juana era gorda, me sacaba la cabeza, el pelo le pesaba y si el aire lo movía, volvía a quedarse en su sitio. Casi siempre estaba contenta, no sabía decir mentiras y el demonio le daba tanto miedo como a mí. Resistía buceando casi dos minutos, se tiraba a lo bomba mejor que nadie y daba unos abrazos que apretaban muy fuerte y te aislaban del mundo. A ella le gustaba que yo fuese delgada y estudiosa, y que casi resistiera lo mismo buceando; y le hacía gracia mi mal genio y que fuese mandona. Las dos íbamos juntas a todas partes y no permitíamos que nadie se metiera con la otra. A pesar de querer parecernos a tantas personas, nos sentíamos muy orgullosas de ser niñas; en eso no teníamos dudas de ninguna clase, pertenecer a ese paréntesis de la vida al que llamaban infancia, nos situaba en un refugio del que estaban fuera los pecados gordos, las responsabilidades, la política y el aburrimiento. Disfrutábamos al oír a los mayo-

---

[6] En Galicia, tontas.

res: «Esto no es para niños» o «¡Los niños fuera!» o «No les digas nada, que son niños», porque nos dejaban libres, lejos de un mundo en que todos ocupaban un sitio y no se salían de él. Nos sentimos completamente a salvo mientras no llegamos a los doce años, la docena nos parecía una cosa muy seria, una línea fronteriza que ya amenazaba con el porvenir. Por eso, el último verano en que todavía teníamos once, quisimos que nuestras imitaciones quedaran en la memoria de los demás y decidimos hacer teatro.

Yo elegí la obra: *Pelos el Monaguillo,* y también fui yo quien asignó los papeles: el rey, Ana Rosa; el dragón, Enma; Chan Chin Chon, Paloma; Pelos, Juana; y yo, la princesa. Todas se dieron cuenta de que me había cogido el mejor papel y protestaron, pero, al final, cada una aceptó su personaje. A quien más me costó convencer fue a mi hermana Paloma, que se negaba a representar al chino porque siempre le tocaba hacer de indio, de negro o de oriental por su pelo rizado, su lengua de trapo y su nariz chata. Por fin empezaron los ensayos en la terraza de Juana. Fueron fatigosos y cargantes, Paloma cobró más de una vez hasta que acabó resignándose a la mala suerte de ser la hermana pequeña de la directora. Yo me convertí en una tirana que exigía ser puntuales, tener memoria y actuar con sencillez. Gritaba, reñía, cortaba, mandaba repetir y, de mala gana, las actrices me iban obedeciendo. Los últimos días antes de la representación preparamos el vestuario con ayuda de las madres; el rey llevaba una túnica, una toalla granate como manto y una corona de cartulina dorada; Chan Chin Chon, mi pijama amarillo; Pelos iba con una blusa blanca sobre un vestido rojo, un apagavelas de verdad y todo el pelo echado hacia delante en forma de taza; para el dragón nos hicieron una capucha verde con una boca enorme por la que asomaban unos dientes asombrosos y una larguísima lengua del color de la sangre, y la princesa vestía un camisón de su madre con un canesú[7] repleto de puntillas y un lazo rosa en la cintura. No necesitamos preparar ningún decorado porque la terraza reunía todas las condiciones: una ventana doble, a ras del suelo, que se abría a una habitación más baja y que desde el principio fue la cueva del dragón, y cuatro escalones en la parte derecha por donde subían los actores al escenario.

A finales de agosto se estrenó *Pelos el Monaguillo* sin ningún percance y con un éxito completo. Las entradas valían un duro y las vendían nuestros hermanos a la puerta de la casa. Eran cuadraditos de papel y tenían un número escrito para participar en una rifa. El público lo formaban nuestros padres y la pandilla de los mayores, y precisamente ése era el punto fuerte de la función, porque a todas nos gustaban los García Peñuela, que eran cinco hermanos de Samieira medio novios de Susana y sus amigas, y cada una pensábamos en los efectos que produciría nuestra actuación en ellos. Ana Rosa perdió los nervios y salió llorando en la despedida del rey a su hija. La acotación[8] lo decía claramente: *«llora»*, y, así, sus palabras salieron entre gemidos: «Hija, ese terrible dragón no te escuchará y te devorará sin piedad... Eres lo más querido que yo tengo... ¡No, no quiero perderte!». Chan Chin Chon gritó: «¡Hololoso, hololoso, hololoso!», de manera tan convincente que arrancó los primeros aplausos, y continuó de carrerilla, segura ya de su importancia: «El dlagón pide que le entle-

---

[7]   Pieza superior de un vestido que se separa del resto por un corte horizontal.

[8]   La parte en que se describen los movimientos y otros detalles de la escena en las obras de teatro. Normalmente se diferencia del diálogo porque se escribe entre paréntesis o en letra cursiva.

guen a la Plincesa pala devolala. Una Plincesa tan buena, tan helmosa, tan quelida de todos... y si no, destluilá todo el leino». Enma rugió fuerte tras su careta: «¡Brr, brr, brr!... ¡No, no no! No es ésta la princesa que yo esperaba. Tú eres demasiado bonita para que yo te mastique. ¡No, no, no! Yo no puedo deshacerte como a un polvorón... Pero ¡no te hagas ilusiones!... Más te valdría ser masticada por mí que llevar la vida que yo voy a darte... ¡Ja, ja, ja, ja!, bajaremos a mi reino, al reino sucio y maloliente de las Entrañas de la Tierra, donde quedarás prisionera entre la oscuridad y las telarañas». Pelos se remangó y, entre risas, dobló el brazo izquierdo para mostrar que no tenía bolita como los hombres. El público ya estaba entregado y gritó «¡Viva Pelos!», y aplaudió a rabiar después de que se acercara a la ventana y terminara de decir: ¡«Ya estoy ante la cueva del dragón. ¡Qué mal huele! ¡Pfff!... ¡Si será guarro!... Esperaré a ver si sale... Tengo miedo, os aseguro que tengo muchísimo miedo. Pero me lo aguanto». Y la princesa, yo, se creyó de verdad una princesa y desde su pedestal miraba a Lolo, segura de que la querría para siempre: «¡Dragón!... ¡Rey de las Entrañas de la Tierra! ¡Soy la princesa, que viene a ti para ser tu esclava!».

El momento más emocionante fue el saludo final. El público en pie gritaba ¡bravo! y no dejaba de aplaudir. Fueron unos minutos perfectos en que éramos a la vez nosotras y nuestros personajes; yo era una niña de once años y era también una princesa guapa y dulce a la que todos querían. En ese instante me pareció que el mundo estaba bien hecho. Pero, en medio de la felicidad, me di cuenta de que las sonrisas y las miradas y los aplausos se dirigían sobre todo a Chan Chin Chon, a Pelos y al dragón, y que había más bravos y enhorabuenas para ellas que para mí. Luego, en la calle, ya vestidas de nosotras, los García Peñuela felicitaron a Juana por su papelón de Pelos y Lolo le dijo a Paloma que nunca había visto un chino que hablara tan bien el chino y a Emma que sus rugidos ponían la carne de gallina; y a mí ni me miró.

A la caída de la tarde, me separé de todos y fui a sentarme sobre las rocas. En los ratos melancólicos en que uno se da cuenta de que no es tan querido como se merece, se pueden hacer varias cosas: enfurruñarse, echarse a llorar, pellizcarse, morderse las uñas, dar puñetazos, patalear o meterse el dedo en la nariz. Eso hice yo. Y cuando ya estaba completamente concentrada en la labor de hacer pelotillas, escuché lo que decían Juana y Paloma mientras se acercaban: «Mira, la princesa se anda en la nariz».

LA IMAGINACIÓN

EL DESVÁN

Saki (Akyab, 1870 – Beaumont-Hamel, 1916). Seudónimo de Hector Hugh Munro, escritor escocés. Nació en Birmania, donde su padre era funcionario colonial. Tras estudiar humanidades en Exmouth y Bedford, volvió a Oriente y ocupó en 1893 un puesto en la policía birmana que se vio obligado a abandonar después de contraer unas fiebres malignas. Se trasladó entonces a Londres, dedicándose al periodismo y a la literatura. Al estallar la Primera Guerra Mundial, Munro se enroló como voluntario en un batallón de fusileros destinado al frente francés. Allí encontró la muerte. En sus novelas y cuentos destaca el humor y, muchas veces, el miedo. Títulos importantes: *El aprendiz de brujo, La ventana abierta, Rutas del destino, El desván y otros relatos*.

Esta versión de *El desván* pertenece a la antología *El desván y otros relatos,* publicada por la editorial Bruguera en 1984.

Como recompensa especial los niños iban a viajar a la playa de Jagborough. Nicholas no participaría en la excursión; estaba castigado. Aquella misma mañana se había negado a comer sus nutritivas migas de pan con leche bajo el pretexto, a todas luces frívolo, de que en el plato había una rana. Gente mayor, de más calidad y juicio, le había contestado que eso era imposible y que dejara de decir tonterías; él, sin embargo, continuó profiriendo tonterías rebuscadas y describió detalladamente el color y las señas de la rana de marras[1]. Lo dramático del incidente resultó ser el hecho de que en verdad hubiera una rana en el plato de pan con leche de Nicholas; dado que la había puesto él mismo, se sentía en condiciones de describirla. El pecado de cazar una rana en el jardín y colocarla en un plato de nutritivas migas de pan con leche alcanzaba dimensiones extraordinarias; pero, según el punto de vista de Nicholas, lo que el asunto demostraba era que la gente mayor, de más calidad y juicio, había dado prueba de estar profundamente equivocada en cuestiones sobre las cuales se había pronunciado con la mayor seguridad.

—Has dicho que no podía haber una rana en mi plato; pues en mi plato *había* una rana —repetía con la tozudez

---

[1] De marras: se aplica a algo que ya se conoce, de lo que ya se ha hablado antes.

de un hábil estratega decidido a no abandonar una posición favorable.

Así que esa tarde él se quedaría en casa mientras su primo, su prima y su muy poco interesante hermano menor iban a la playa de Jagborough. La tía de sus primos, que merced a un injustificado esfuerzo imaginativo insistía en presentarse como tía suya, había inventado de inmediato la excursión a Jagborough para impresionar a Nicholas con los placeres de que se vería justamente privado por su lamentable conducta durante el desayuno. Cada vez que uno de los niños caía en desgracia, la mujer tenía la costumbre de improvisar alguna actividad de carácter festivo y marginar inflexiblemente de ella al culpable; si todos los niños pecaban a la vez, se les informaba de que a la ciudad vecina había llegado el circo, un circo inigualable y con montones de elefantes, pero que ellos no podrían ir a verlo por culpa de su depravado comportamiento.

Cuando llegó el momento de la partida, el rostro de Nicholas fue examinado en busca de lágrimas de arrepentimiento. La realidad, empero, es que las únicas lágrimas fueron derramadas por su prima, que al subir al carruaje se hizo un doloroso rasguño en la rodilla.

—¡Cómo aullaba! —se alegró Nicholas mientras el grupo partía sin el derroche de júbilo que debía caracterizarlo.

—Enseguida se le pasará —dijo la *soi-disant* [2] tía—. Es una tarde espléndida para correr por esas hermosas playas. ¡Se divertirán de lo lindo!

—No creo que Bobby se divierta mucho —replicó Nicholas con una risita siniestra—. Tampoco podrá correr demasiado, porque le hacen daño las botas. Le vienen pequeñas.

---

[2]   *Soi-disant:* en francés, que se autodenomina.

—¿Por qué no me ha dicho que le hacían daño? —preguntó la tía con aspereza.

—Te lo dije dos veces, pero no le escuchaste. Casi nunca escuchas cuando te dicen cosas importantes.

—No puedes entrar al huerto de las grosellas —dijo la tía cambiando de tema.

—¿Por qué no? —preguntó Nicholas.

—Porque estás castigado —contestó su tía, arrogante.

Nicholas no admitió la irrebatibilidad[3] del razonamiento; se sentía muy capaz de estar a la vez castigado y en un huerto de grosellas. Su rostro adquirió una expresión de considerable obstinación. Para su tía estaba claro que pensaba meterse en el huerto: «Sólo porque yo se lo he prohibido», reflexionó la mujer.

Ahora bien, al huerto de grosellas se podía entrar por dos puertas, y una vez que una persona pequeña como Nicholas se había escabullido a su interior, no le era difícil desaparecer entre la maraña de alcachofas, frambuesas y ramas frutales. Esa tarde la tía tenía muchas otras cosas que hacer, pero durante una o dos horas llevó a cabo triviales[4] operaciones en los macizos y los arbustos a fin de vigilar las puertas que conducían al paraíso prohibido. Era una mujer de pocas ideas e inmenso poder de concentración.

Nicholas efectuó un par de incursiones en el jardín delantero, demostrando ostentosamente su propósito de alcanzar alguna de las dos entradas, pero sin conseguir burlar la mirada de su tía. Lo cierto es que no tenía la intención de entrar en el huerto, pero le era en extremo conveniente que la mujer así lo creyera; de ese modo pasaría casi toda la

---

[3]   Sin posibilidad de discusión.
[4]   Elementales, corrientes, sin importancia.

tarde de centinela. Una vez que la vio reafirmada en sus sospechas, Nicholas entró en la casa por la parte trasera y de inmediato comenzó a ejecutar un plan largamente meditado. Subiéndose a una silla de la biblioteca, podía alcanzar un estante en el cual reposaba una llave gruesa y de aspecto importante. La llave era tan importante como parecía; era el instrumento que mantenía los misterios del desván a salvo de intrusiones desautorizadas y que sólo franqueaba el paso a tías o personas igualmente privilegiadas. Nicholas no era experto en el arte de meter llaves en las cerraduras y hacerlas girar, pero había practicado durante unos días con la puerta de la escuela; no le gustaba dejar nada en manos del azar. La llave penetró con dificultad en el agujero, pero funcionó. La puerta se abrió y Nicholas penetró así en una tierra desconocida frente a la cual el huerto de las grosellas era una delicia rancia, un mero placer material.

Nicholas había imaginado cientos de veces cómo sería el desván, aquella región cuidadosamente preservada de los ojos juveniles y respecto a la cual jamás se daban respuestas. El panorama satisfizo sus expectativas. En primer lugar, lo encontró amplio y bañado por una luz tenue, pues como única fuente de iluminación había una alta ventana que daba al huerto prohibido. En segundo lugar, era una mina de tesoros inimaginables. La autodenominada tía era una de esas personas que creen que las cosas se estropean con el uso y para protegerlas las confían al polvo y la humedad. Las partes de la casa que Nicholas mejor conocía estaban desnudas y faltas de encanto, pero aquí el ojo podía regocijarse con innumerables maravillas. Ante todo, había un tapiz cuya evidente función era la de pantalla para un hogar[5].

---

[5]   Fogón, chimenea.

A Nicholas la escena le parecía viva y palpitante; se sentó en un rollo de cortinas indias cuyos colores refulgían bajo una capa de polvo y retuvo todos los detalles del dibujo del tapiz. Un hombre, vestido con el traje de caza de una época remota, acababa de asestar un flechazo a un venado; no debía de haberle resultado difícil, porque el animal no se hallaba a más de dos pasos; la espesa vegetación sugerida por el dibujo había permitido que el hombre se acercase, y los dos perros moteados que se precipitaban sobre la presa, sin duda habían sido entrenados para mantenerse en silencio hasta que la flecha fuera disparada; si bien simple, esa parte de la escena era interesante; pero ¿acaso el hombre advertía lo que estaba viendo Nicholas, aquellos cuatro lobos que se aproximaban veloces a través del bosque? Podía haber otros escondidos en la maleza, y, de todos modos, si los atacaban, ¿serían el hombre y los perros capaces de luchar contra cuatro lobos? Al hombre sólo le quedaban dos flechas en el carcaj, y bien podía errar el tiro con una de ellas o con las dos; la única referencia sobre su puntería era que había hecho blanco en un enorme venado a una distancia ridículamente corta. Nicholas permaneció sentado, repasando las posibilidades de la escena durante largos y dorados minutos; se inclinaba a pensar que los lobos eran más de cuatro y que el hombre y sus perros llevaban las de perder.

Pero existían otros objetos de deleite e interés que reclamaban su atención inmediata. Había raros candelabros retorcidos y en forma de serpiente, y una tetera que parecía un pato chino, de cuyo pico abierto debía de manar el líquido. ¡Qué sosas y feas parecían las teteras de la escuela comparadas con aquélla! Y había una caja de sándalo[6] gra-

---

[6]   Árbol de madera muy apreciada y olorosa, llamada del mismo modo.

bado, llena de algodón aromático, y entre las hebras de algodón, pequeñas figuras de bronce, toros de cuello corcovado[7] y pavos y duendes deliciosos de ver y manipular. De aspecto menos prometedor era un gran libro cuadrado, de lisas cubiertas negras; Nicholas espió en su interior y, oh, sorpresa, estaba lleno de dibujos coloreados, de pájaros. ¡Y qué pájaros! En el jardín, o cuando paseaba por los contornos, Nicholas se topaba a lo sumo con una paloma torcaz o una urraca. En aquel libro se veían garzas reales y avutardas, milanos, tucanes, avetoros, pavos reales, ibis, faisanes dorados, toda una galería de criaturas jamás soñadas. Y mientras admiraba el colorido del pato mandarín y le asignaba una biografía, la voz de su tía, en un alarido modulado con la forma de su nombre, le llegó desde el huerto de las grosellas. La larga desaparición de Nicholas había despertado sospechas en la mujer, llevándola a la conclusión de que el niño había saltado la tapia que se alzaba detrás de la encubridora pantalla de las lilas; ahora se hallaba empeñada en una búsqueda tan enérgica como vana entre las alcachofas y los frambuesos.

—¡Nicholas, Nicholas! —gritaba—. Sal de ahí ahora mismo. No tiene sentido que te escondas; te he estado vigilando todo el tiempo.

Probablemente fuera la primera vez en veinte años que alguien sonreía en aquel desván.

En ese momento las ofuscadas reiteraciones del nombre de Nicholas dieron paso a un aullido y a una angustiada petición de auxilio. Nicholas cerró el libro, lo devolvió con cuidado a su rincón y limpió el polvo de una pila de periódicos que había a un lado. Después salió del desván, cerró

---

[7] Encorvado, cheposo.

la puerta y volvió a colocar la llave en el lugar exacto donde la había encontrado. Cuando se presentó tranquilamente en el jardín delantero, la tía aún repetía su nombre.

—¿Quién me llama?

—Yo —dijo una voz al otro lado del muro—. ¿No me oías? Te he estado buscando en el huerto de las grosellas y me he caído dentro de la alberca. Por suerte está vacía, pero las paredes están resbaladizas y no puedo salir. Ve a buscar la escalerilla que hay bajo el cerezo.

—A mí se me ha dicho que no debía entrar en el huerto —replicó Nicholas.

—Fui yo quien te lo dijo, y ahora te digo que puedes hacerlo —dijo con impaciencia la mujer desde la alberca.

—Tu voz no suena como la de mi tía —objetó Nicholas—. Quizá seas el Maligno y me estés tentando a desobedecer. Mi tía dice a menudo que el Maligno me tienta y que yo siempre cedo. Esta vez no pienso ceder.

—No digas tonterías —advirtió la prisionera de la alberca—. Ve a buscar la escalerilla.

—¿Habrá mermelada de fresas para el té? —preguntó Nicholas con inocencia.

—Claro que la habrá —dijo la tía resolviendo en su interior que Nicholas no probaría ni una cucharada.

—¡Ahora ya sé que eres el Maligno y no mi tía! —gritó Nicholas con júbilo—. Ayer por la tarde, cuando le pedimos mermelada de fresa, ella nos contestó que no había. Yo sé que en el armario de la despensa hay cuatro frascos porque me he fijado, y por supuesto que tú también lo sabes, pero *ella* no, porque dijo que no había mermelada. Ah, satanás, ¡tú mismo te has *vendido!*

Había una insólita sensación de placer en el hecho de poder dirigirse a una tía como si fuera el Diablo; pero, con sensatez infantil, Nicholas sabía que en esa clase de lujos uno no debe propasarse. Se alejó con paso ruidoso, y fue una sirvienta de la cocina en busca de perejil quien por fin rescató de la alberca a la tía.

Aquella tarde el té discurrió en un silencio temeroso. Al llegar los niños a Jagborough la marea se encontraba en su punto más alto, de modo que no pudieron jugar en la playa, circunstancia esta con la cual no había contado la tía en su prisa por organizar la excursión punitiva. Durante toda la tarde las botas demasiado chicas de Bobby habían ejercido una desastrosa influencia en su humor, y en líneas generales no se podía afirmar que los excursionistas se hubiesen divertido en extremo.

La tía mantuvo el gélido mutismo de una persona que durante treinta y cinco minutos ha sufrido un encierro tan humillante como inmerecido en una alberca. En cuanto a Nicholas, también él permaneció callado; bien podía ser, pensaba, que el cazador y los perros lograsen escapar mientras los lobos se ensañaban con el venado herido.

AL EMPEZAR EL DÍA

Pere Calders (Barcelona, 1912 – íd., 1994) se educó y vivió en Barcelona hasta que se exilió en México, después de la guerra civil. Volvió a Barcelona en 1962. Se le considera el mejor cuentista catalán del siglo XX, y es comparado con Kafka y Poe. En sus relatos se une lo más cotidiano a lo más extraordinario con asombrosa naturalidad, gracias al lenguaje y a la imaginación. Al leer sus historias, uno se sumerge en una atmósfera tan especial que lo inverosímil se acepta como corriente. Ha sido galardonado con los premios más importantes de la literatura catalana. Entre sus colecciones de cuentos destacan: *El primer arlequí* (1936), *Invasió subtil i altres contes, Tots els contes* (1968) y, en castellano, *Ruleta rusa y otros cuentos* (1984).

Al empezar el día forma parte del volumen de cuentos *Tots els contes*, editado por el propio autor en 1973.

Una vez, un niño que se llamaba Abel se inventó una palabra nueva: *antaviana* [1]. Llegó de pronto, como una revelación y quién sabe si venía de un sueño.

Abel se enamoró de su palabra y, de momento, se la guardó como un secreto. Muy temprano, mientras acababa la tarea antes de ir a la escuela, distraído y con la mirada perdida, repetía: antaviana, antaviana...

—¿Qué dices? —le preguntó su madre, que preparaba el desayuno.

—Nada, nada —respondió Abel—. Es la lección de geografía.

Era una mentira, claro, y la conciencia empezó a reprochárselo. Pero no perjudicaba a nadie y, la verdad, su palabra tenía realmente una dignidad geográfica: Antaviana podría ser el nombre de un continente lunar, medio perdido y poco explorado, con indios y plantas carnívoras. Si él descubriese uno parecido, enfocándolo con los prismáticos desde el puente de un barco, lo bautizaría sin pensárselo dos veces. Ya se veía dibujando el mapa —para enviarlo de inmediato a una sociedad científica de Londres—, mojando el lápiz con la punta de la lengua y haciendo el contorno

---

[1] Este cuento inspiró al grupo de teatro Dagoll Dagom para dar nombre a su espectáculo teatral *Antaviana*. La traducción al castellano es de Mercedes Chozas.

con todos los accidentes de la costa. Lo pintaría de color naranja y después, con mucho cuidado, trazaría las letras en forma de arco, separándolas para que no tapasen ningún río: An-ta-via-na.

Tras este viaje se dio cuenta de que la palabra necesitaba un destino. Un nombre solo no es nada, si no corresponde a alguna cosa. Sintió un vacío, una especie de desasosiego. Lo de un nuevo continente iba para largo y Abel no era partidario de esperar. Levantó los ojos del cuaderno y contempló lentamente lo que había a su alrededor, pero todo tenía un nombre sólido y bien acreditado, no quedaba nada por bautizar. Con la cabeza apoyada en una mano, seguía las idas y venidas de su madre, que llevaba una bata rosa muy bonita. Esa bata le gustaba: se podría llamar Antaviana. Pero una bata no suele tener un nombre para ella sola, como si fuese la espada del rey Arturo o el caballo del Cid.

—No te distraigas más, Abel —dijo la madre—. Hoy te van a poner un cero.

Pensando en el cero, el corazón le dio un salto. Mira por dónde, su palabra podría servir para las calificaciones, no para las malas, naturalmente, sino para las notas más altas. Algo que significase más que notable o sobresaliente. Guiñó los ojos y se imaginó que volvía a casa radiante, con los libros bajo el brazo: «¡Hoy he tenido antaviana en gramática!», diría. Y todo el mundo estaría contentísimo, le traerían en palmitas; a la primera ocasión, le llevarían al cine y él mismo podría elegir la película que más le gustara. Eso siempre era un problema, tener que elegir entre un montón de títulos mientras su madre iba diciendo: «No, esa no. Es para niños pequeños. No te gustaría». O bien: «Esa tampoco. Es para mayores, no te dejarían entrar». Abel había llegado al convencimiento de que la suya era una edad dificilísima, de alta precisión, en la que todo dependía de la punta de un alfiler. Pero si tuviese una nota buena en gramática, la cosa cambiaría. Estaba seguro de que nadie le discutiría el derecho de elegir. Iría a ver una película que se llamase, por ejemplo, *Antaviana, la reina de la selva*.

La idea no le acababa de llenar. Las películas son algo efímero. Desaparecen sin que nadie sepa adónde van a parar. Su nueva palabra tendría que quedar, poniéndola bien puesta a un objeto o a una ilustración que fuesen permanentes.

¿Y si se la ofrecía al gobierno? Se sintió serio e importante, cargado de civismo. El gobierno debe de andar siempre escaso de nombres, con tantas cosas como tiene que etiquetar. A veces, una montaña en la que no se habían fijado antes, o un barco de guerra que ha de bautizarse a todo correr porque ya le tienen trabajo preparado. Ya se veía con una medalla y un diploma, y, ¿por qué no?, nombrado caballero de la orden de Antaviana. De repente, la sospecha le hizo retroceder: podría ser que un intrigante le arrebatara el invento y le hiciera perder el tiempo. A ver...

—Despierta, Abel. Hoy se te han pegado las sábanas.

—¡No, mamá, no! Es que me estoy fijando mucho: conociendo el perímetro, tengo que buscar el área de una circunferencia.

Tenía abierta la Geometría, al lado de una taza de chocolate humeante y olorosa, y leyó lo primero que encontró donde había clavado el dedo al azar.

¿Y si se tratase de una palabra mágica? Podía haberle llegado por revelación... ¡Había habido tantos casos! Se concentró, cerró los ojos y en voz muy baja dijo: «¡En nombre del poder que me puedes dar, Antaviana, te conjuro para que me hagas aprender, desde ahora mismo, toda la geometría de memoria!». Confiado y audaz, añadió: «¡Lo del año que viene y todo!». Esperó un momento, con el corazón desbocado, pero no pasaba nada. Seguían bailándole en la cabeza, en una confusa mezcla, radios, diámetros y los escurridizos tres-catorce-dieciséis. «La redonda pequeña dentro de la grande y con rayas de puntos...» No, no servía. Estaba igual que antes.

Claro que las palabras mágicas han de pronunciarse, generalmente, en circunstancias especiales. Cruzando los dedos, o diciéndolas tres veces seguidas y una de propina. Tendría trabajo, pero la cosa merecía la pena.

Giró la cabeza poco a poco, para mirar detrás de él. No fuera que ya se encontrase allí, esperando órdenes, un duendecillo con un turbante; estaba algo impaciente y sufría. «Tienes cosas de niño pequeño», se dijo.

Pero el duendecillo no aparecía. Entonces, pensó en lo de cruzar los dedos y lo hizo de golpe, estirando el brazo. Con tan poca fortuna, hay que reconocerlo, que tiró la taza de chocolate sin tener tiempo de decir Antaviana las tres veces seguidas que se había propuesto.

—¡Ya has hecho algún desastre! —gritó la madre.

—No es nada, no es nada... Se me ha caído un poco de chocolate en el mantel...

Ese «poco» intercalado con prudencia en medio de la oración no serviría de nada. La mancha se extendía y sólo tuvo tiempo de salvar los mapas, pero no el cuaderno de geometría.

¡Ay, otra vez la misma desgracia! Una especie de maldición: siempre que derramaba una cosa, era encima de un mantel limpio. ¡La de veces que lo había oído!

Mientras la madre pasaba un paño húmedo por la mesa y levantaba cosas, lamentándose del trajín que le duraba de un día para otro y de la poca consideración de todo el mundo, mientras ella se quejaba amargamente porque nadie la quería, Abel se fue a su dormitorio.

Por el camino, murmuraba: «Antaviana, Antaviana, devuelve la mancha a la taza y que no haya pasado nada. Devuelve a mamá a la cocina, bien tranquila y quítale de la cabeza eso de que no la quiero».

Cada vez veía más claro que no saldría nada si no pronunciaba la palabra con el rito adecuado. Tendría que buscar mucho, como madame Curie cuando investigaba tenazmente el radio. Por cierto que Antaviana era un nombre mucho más bonito que «Pecblenda[2]».

En su habitación Abel se dedicó a una búsqueda minuciosa. Pronunció la palabra mágica sobre un solo pie y con una pierna en el aire, abriendo mucho los ojos o cerrándolos muy fuerte, a cuatro patas o «haciendo el ángel», una expresión que significaba mover los brazos como si fuesen alas. Se daba cuenta de que le iba a costar mucho.

Finalmente, se puso de cara a la pared con las manos cruzadas por detrás y prosiguió las pruebas verbales: «¡Preséntate, Antaviana!»; «¡Antaviana, sal de la luz o de la bombilla!»; «¡Por el poder que tengo sobre ti, Antaviana, ven enseguida!». Se le agotaron las invocaciones y estuvo un buen rato concentrado, pensando con todas sus fuerzas.

De pronto, sintió un ruido detrás de él, el rumor de unos pasos que se acercaban suavemente. Se le cortó el aliento: ¡podría ser que el secreto consistiera en pensar con todas las fuerzas! Se quedó blanco y casi no se atrevía a girarse. Pero se agachó poco a poco, tapándose los ojos y, en una pirueta, retiró la mano para abrirlos de par en par con valentía.

Allí, plantada delante, estaba su madre, que le contemplaba con ternura y una sonrisa medio triste y medio alegre, con una especie de piedad que irradiaba protección.

---

[2]   Mineral de uranio compuesto por varios metales entre los que se encuentra el radio.

—Pero, Abel, ¿qué te pasa hoy?

Quería mucho esa expresión y esa voz. Le hacían sentirse seguro, aunque a veces todavía le turbaran, acentuando paradójicamente su pequeñez. De esa mirada maternal, de todo ese gesto que aún no tenía nombre, se podía decir antaviana. Por supuesto.

—Venga, ve a desayunar, que ya te he puesto otra taza. Y no te distraigas ahora, que llegarás tarde...

Mientras desayunaba, Abel comenzó a pensar que era una lástima desperdiciar toda la palabra en una sola cosa. De hecho, cuando un nombre era redondo y cuadraba muy bien, podía servir para más de una ocasión, como por ejemplo Rosa, que era el nombre de una flor, el de un color y el de una prima suya. O «cardo», que servía para designar una planta o a la vecina de abajo que nunca saludaba y lanzaba pinchos con la mirada. Sí: con el asunto de antaviana, Abel estaba dispuesto a ahorrar.

En medio de las prisas, mientras atiborraba la cartera con libros y cuadernos, mientras buscaba un zapato que tenía el espíritu aventurero de perderse cada día, Abel barajaba cosas y nombres con una intensidad obsesiva. Su madre le colocó el flequillo, que le había quedado torcido, y pasándole el peine, decía: «¿Por qué tienes la cabeza tan hueca? ¿Cuándo te acostumbrarás a pensar un poco?».

Desde el rellano quiso curarse en salud:

—Mamá, si traigo un cero, no te enfades. El señor Serra, los miércoles, viene siempre de malhumor.

Y saltó los escalones de tres en tres, blandiendo la cartera. Delante del cuartito de la portería le detuvo una inspiración momentánea: Antaviana podía ser una palabra clave, un comodín —esa carta tan especial—que sirviese para todo; se podía decir que tenía un secreto valiosísimo...

Salió a la calle y emprendió el camino hacia la escuela

con aire de superioridad. En el chaflán, antes de cruzar una avenida, se paró a contemplar misteriosamente el semáforo: un disco naranja, otro rojo, otro verde... Él estaba en condiciones de añadir un cuarto disco mucho más útil (sería, por ejemplo, de cuadrados naranjas, rojos y verdes): el disco antaviana, que serviría para que todo el mundo, coches y personas, pudieran andar arriba y abajo, a derecha y a izquierda, con toda libertad.

Realmente, había hecho un hallazgo precioso. Nada más llegar a la escuela, le propondría a Ernesto —su mejor amigo— cambiarle antaviana por su peonza nueva. La peonza de Ernesto, con punta de acero y un cordel de fibra vegetal muy resistente, le había robado el corazón.

LA INOCENCIA

UN DRAMA SENSACIONAL

Arkady Averchenko (Sebastopol, 1881 – Praga, 1925).
Fue editor de una revista muy popular en la época zarista,
Satirikon, que congregó a un grupo muy numeroso de es-
critores. Es muy conocido por sus cuentos, de un humo-
rismo que nace de la observación de la realidad cotidiana.
Salió de su país tras la Revolución de Octubre para estable-
cerse en París, y posteriormente, en Praga. Entre otras
obras, es autor de *Cuentos humorísticos* (1920), *Lo cómico
en lo espantoso (*1923), *La burla del mecenas* (1925) y *Los
cuentos de un cínico* (1925).

Esta versión de *Un drama sensacional* procede de la *Antología de
cuentos de la Literatura universal,* de Ramón Menéndez Pidal, publicada por la editorial Labor en 1969.

Samatoja era un hombre resuelto y que casi siempre obraba por inspiración.

Sin saber por qué, se le ocurrió, de pronto, la idea de saltar la tapia del jardín ante el cual le habían llevado de un modo fortuito [1] sus pasos. Y la saltó. Acaso pudiera robar algo; tal vez encontrase algún objeto de valor... Los señores suelen pasar gran parte del día en el jardín, y se dejan, a menudo, en los quioscos, ropas, bandejas, servicios de té... Samatoja tenía hambre, y cuando tenía hambre se sentía enemigo encarnizado de la propiedad.

Cuando estuvo dentro del jardín miró en torno suyo.

No lejos de la tapia, entre unas altas matas de lilas, había un banco. Hacía calor, y Samatoja se sentó para descansar un poco al fresco. Con la manga de la vieja chaqueta se enjugó el sudor de la frente.

Diríase —tal quietud, tal silencio reinaba en él— que el jardín se hallaba a gran distancia de todo lugar habitado. Senderos cubiertos de hierba lo atravesaban en todas direcciones. Había uno más ancho y más cuidado, que, a juzgar por estos indicios, conducía a la casa.

Antes de que el ladrón hubiera podido orientarse apareció en dicho sendero una niña como de seis años.

---

[1] Casual, imprevisto.

Al ver entre el follaje las piernas de aquel hombre —lo único que las altas y espesas matas no ocultaban de su persona— se detuvo, perpleja, estrechando contra su corazón a la muñeca, dispuesta a defenderla de todo peligro. Y tras una corta vacilación, preguntó:

—¿De quién son esas piernas?

Samatoja apartó las ramas y miró a la niña, frunciendo severamente las cejas; la inopinada aparición de aquella mocosa podía desbaratar sus planes.

—¿Quién eres? —interrogó con aspereza.

—¿Esas piernecitas son tuyas?

La niña escogía, como ve el lector, las expresiones más corteses.

—¿De quién van a ser?

—¿Y qué haces aquí?

—¡Acordarme de mi abuela!

—¿De tu abuela? ¿Dónde está?

—¿Dónde va a estar? ¡En su palacio!

—¿Y por qué te has sentado ahí?

—Porque estoy cansado.

—¿Sí? ¿Te duelen las piernecitas?

La niña, en cuyos ojos se pintaba la compasión más tierna, avanzó algunos pasos.

—¡Vaya si me duelen! Estoy rendido.

Recordando las lecciones de buen tono de su mamá, la niña no juzgó correcto continuar la conversación sin estar presentada a aquel hombre, y le dijo tendiéndole la mano:

—Permíteme que me presente. Me llamo Vera. Samatoja estrechó con su enorme mano peluda la delicada manecita.

Hecha su propia presentación, Vera añadió, levantando la muñeca a la altura de la nariz de Samatoja y acercándosela a la cara:

—Ahora permítame que le presente a mi muñeca. Se llama Marfucha. No tenga usted miedo; no es de carne.

—¿De veras? —exclamó con fingido asombro el intruso.

Y sus ojos examinaron, de modo rápido, a la niña. ¡No llevaba pendientes, ni pulsera, ni medallón! Lo único que se le podía robar era el vestidito y las botas; pero no valían gran cosa. Además, la rapaza [2] no se dejaría desnudar así como así; empezaría a gritar.

—Mira: la muñeca tiene una herida en el costado. ¿Quieres ser el médico? Anda, cúrala.

—Dámela; vamos a ver si la curamos.

II

Se oyó hablar no muy lejos. Samatoja soltó la muñeca y miró, inquieto, hacia la casa.

—¿Quién anda por ahí? —preguntó cogiéndole una mano a Vera.

—No es aquí. Es en el jardín de al lado. Papá y mamá han salido.

—¿Sí? ¿Y tu niñera?

—La niñera me ha dicho que sea buena y se ha ido. Volverá a la hora de comer. Debe de estar con su soldado.

—¿Qué soldado?

—¡El suyo!

—¿Su novio?

—¡No, no, su soldado! Oye...

—¿Qué?

—¿Cómo te llamas?

_____

[2]   Niña.

—Michka —contestó secamente el intruso.

—Y yo, Vera.

La niña se quedó un momento silenciosa y luego, recordando de nuevo las lecciones maternas de elegancia en el trato social, añadió.

—Mamá se alegrará tanto de verte. Vendrá a las seis. La esperarás, ¿verdad?

—Veremos...

—Hasta que venga, jugaremos; ¿quieres?

—Sí, pero ¿a qué?

—Al escondite-correa. Esconde la muñeca, anda. Y si la encuentro...

—No, no me gusta ese juego. Juguemos al convidado. Es más bonito.

—¿Al convidado? ¿Qué juego es ése?

—Mira: tú serás el ama de la casa y me convidarás a comer; ¿te gusta?

Vera acogió la proposición con entusiasmo. ¡Iba a hacerle los honores de la casa a una persona mayor!

—¡Sí, sí! ¡Vamos!

—¿Adónde?

—¡A casa, hombre!

Samatoja vaciló.

—¿Estás segura de que no hay nadie?

—¡No hay nadie! ¡Me he quedado yo sola! ¡Vamos, vamos! ¡Verás cómo nos divertimos! —gritó Vera, brillantes los ojos como diamantes negros.

III

Vera puso ante Samatoja un plato vacío, se sentó frente a él, apoyó la mejilla en la mano y empezó a charlar.

—¡Coma, coma! ¡Estas cocineras son una calamidad! La nuestra ha dado en la flor de quemar las chuletas. Tendré que echarla.

Viendo que el convidado no contestaba, la minúscula dama le dijo:

—¡Pero no sabes jugar! Debías responder: «¡Señora: las chuletas están exquisitas».

—Como no hay chuletas... —objetó Samatoja, demostrando una lamentable carencia de imaginación.

—¿Y eso qué importa, tonto? ¿No estamos jugando?

—Yo no puedo jugar así. Para jugar bien hay que comer de veras. Al menos, nosotros...

—¿Quiénes sois vosotros?

—Mis hermanitos y yo. Nosotros, cuando jugamos al convidado, ponemos en la mesa platos con comida y comemos de verdad. ¿Está cerrado con llave el aparador?

Vera pensó: «¡Qué juego más raro!»; pero decidió complacer a su amigo. Acercó su silla al aparador, se puso de puntillas sobre el asiento y dijo, luego de mirar un momento al interior del guardaviandas:

—No hay ninguna golosina. Ni bombones, ni pastelillos. Un pedazo de empanada, pollo asado, huevos duros...

—¡No importa! A falta de otra cosa...

—Como quieras.

—¿Y hay algo de beber?

—Nada. Una botella de *vodka*[3], pero el *vodka* sabe tan mal...

—¡Venga también el *vodka!* A mí todo me sabe bien.

---

[3]   Aguardiente de centeno que se consume mucho en Rusia.

IV

Con una servilleta sobre los hombros, a manera de chal
—su mamá rara vez se sentaba a la mesa sin dicha pren-
da—, Vera, sentada frente a Samatoja, remedaba[4] a las
amas de casa corteses y solícitas.

—¡Coma, coma! ¡No gaste ceremonias! ¡Esta maldita
cocinera siempre ha de quemar el pastel! ¡Oh, crea usted
que si pudiera una pasarse sin ellas!...

La minúscula dama esperó en vano la respuesta.

—Pero...

—¿Qué?

—¿Por qué no contestas?

—¿Qué debo contestar?

—Debes contestar: «Señora, el pastel está exquisito».

Para darle gusto a su amiguita, Samatoja, con la boca
llena, balbuceó:

—Señora: el pastel está de rechupete.

—¿Cómo has dicho?

—De rechupete.

—¡No sabes jugar!

—¿Por qué?

—Porque dices «de rechupete» y lo que hay que decir es
«exquisito».

—Bueno, pues está exquisito.

—Otra copita de *vodka*.

—Gracias, señora. Es un vodka exquisito.

—Me parece que el pollo está un poco duro. ¡Oh, son un
castigo estas malditas cocineras!

—Señora, el pollo está exquisito.

---

[4] Imitaba.

Tras un breve silencio, Vera, en su papel de perfecta ama de casa, inició una conversación mundana.

—Ha sido muy caluroso este verano, ¿verdad, señor?

—¡Ha sido un verano exquisito, señora! —repuso Samataja, en cuyas respuestas estereotipadas[5] se veía que no había nacido para dialoguista.

Y, cogiendo la botella, añadió:

—Con permiso de usted voy a servirme otra copa de vodka.

—¡No sabes jugar!

—¿Por qué?

—Porque debes esperar a que yo te invite a beber. ¡Otra copita, no gaste ceremonias! ¿No encuentra usted demasiado amargo este vodka? ¡Oh, estoy de las cocineras hasta la coronilla! Voy a cambiarle el plato.

Samataja decía para su capote: «He inventado un juego delicioso». Y, aprovechando un descuido de Vera, se metió en el bolsillo un cuchillo y un tenedor de plata.

—¡Coma, coma!

—¡No tengo ya gana, señora!

—¡Pero si no ha comido usted nada, señor!

—¡He comido como un animal!

—¿Qué manera de hablar es ésa, Michka? Debes decir: «Gracias, señora; he comido muy bien. ¿Me permite usted encender un cigarro?»

—Bueno, bueno. Lo malo es que no tengo cigarros.

Vera corrió al despacho de su papá y volvió con una caja de puros.

—Estos puros —dijo imitando la voz ruda de su padre— los he comprado en Berlín. Son un poco fuertes, pero no puedo fumar otros.

---

[5] Repetidas.

—Gracias —contestó distraídamente Samatoja, miran___ con ojos investigadores a la habitación inmediata.

La niña se quedó un momento pensativa y propuso:

—Oye, Michka: ¿quieres que juguemos ahora a una cosa muy bonita?

—¿A qué?

—¡A los ladrones!

V

La proposición dejó perplejo a Samatoja. ¿Qué significaría «jugar a los ladrones»? Semejante juego con una niña de seis años le parecía una profanación[6] de su oficio.

—¿Y cómo se juega a eso? —preguntó.

—Verás. Tú serás el ladrón y yo gritaré y te diré: «Coge el dinero y las alhajas, pero no mates a Marfucha».

—¿A qué Marfucha?

—A la muñeca... Me esconderé y me buscarás.

—Yo creo que el que debe empezar por esconderse es el ladrón.

—¡Tú qué sabes! La que debe esconderse soy yo. Pregúntaselo a mamá cuando venga.

Samatoja no insistió.

—Bueno, bueno. Escóndete. Pero tienes que ponerte una sortija o un broche.

—¿Para qué?

—Para que yo te los quite... Como soy un ladrón...

—¡Bah! Puedes hacer que me los quitas, aunque yo no los lleve.

—No, yo no quiero jugar así. ¡Vaya un juego!

-----

[6]   Sin respeto, burla.

—¡Jesús, qué tonto! Se ve que no has jugado nunca a los ladrones... Bueno; voy por el relojito y el broche de mamá, que están en un cajón de la cómoda.

—¿Habrá también unos pendientes? —inquirió con acento acariciador el intruso en su afán de darle al juego un carácter marcadamente realista.

—Puede que sí. Espera.

VI

El juego era muy divertido.

Vera saltaba alrededor de Samatoja gritando:

—¡No le hagas nada a mi Marfucha! ¡Llévate, si quieres, mi dinero y mis joyas, pero no me la mates!

De pronto se quedó mirando perpleja a su amigo y profirió [7]:

—¿Y el cuchillo? ¡Un ladrón debe llevar cuchillo!

—¿Sí?

—¡Claro! Espera, voy por uno.

—Si es de plata, mejor. Los ladrones llevan cuchillos de plata.

Cuando Samatoja se hubo apoderado del reloj, el broche, los pendientes y algunas otras joyas, dijo:

—Ahora te encerraré... haré que te meto en la cárcel.

En los negros ojos de Vera se pintaron el asombro y la indignación. Aquello era contrario a las tradiciones consagradas de la ladronería.

—¡Vamos, no digas tonterías! A quien hay que meter en la cárcel no es a mí, sino a ti.

Samatoja reconoció la lógica de tales palabras.

----

[7]   Dijo, pronunció.

—Entonces haré que te encierro en una torre.

—¡Eso ya es otra cosa! El cuarto de baño será la torre, ¿quieres?

—Sí, sí. Ahora te cojo en brazos... ¡Ajajá!... y ¡andando!

Vera, camino de «la torre», braceaba como si intentara desasirse del ladrón. Y una de sus manecitas, al caer sobre un bolsillo de Samatoja, tropezó con un tenedor.

—¿Qué llevas ahí, Michka? —preguntó introduciendo la mano en el bolsillo.

—Nada. Un tenedor. Será de mi casa.

—No; es nuestro. Mira la marca. Te lo habrás guardado creyéndote que era el pañuelo.

—Sin duda.

Cuando llegó al cuarto de baño, el intruso dejó en el suelo a su amiguita.

—Bueno; ya estás en la torre.

—¿Y si me escapo? Deberías atarme las manos.

—¡Tienes razón, nena! Eres una niña muy lista y te quiero mucho.

—¡Vaya una manera de hablarle un ladrón a su prisionera! ¡No sabes jugar! ¡Jesús, qué tonto!

—Bueno, dame las manecitas para que te las ate.

Momentos después, Samatoja salió del cuarto de baño, cerró la puerta con llave y se alejó. Al pasar por el vestíbulo cogió del perchero un gabán de entretiempo. Atravesó tranquilo, sin apresurarse, el jardín...

VII

Habían pasado algunos días.

Samatoja se había deslizado como un lobo entre los corderos en el parque lleno de niños y niñeras. Se veían por todas partes cochecitos de bebés y sonaban, en toda la amplitud del numeroso cercado, risas y llantos infantiles.

Samatoja observaba los animados y dispersos grupos con ojos de lobo al acecho. A la sombra de un corpulento árbol estaba sentada una institutriz, absorta en la lectura de un libro, y algunos pasos más allá, una niña como de tres años se divertía construyendo una casa con trocitos cúbicos de madera. Junto a la niña yacía sobre la verde hierba una muñeca más grande que su ama. Era una magnífica creación de una casa de París: tenía una espléndida cabellera rubia y vestía un lindo traje azul orlado de encajes.

Samatoja clavó una larga mirada en aquella muñeca y, tras una breve vacilación, se lanzó sobre ella como un tigre, la cogió y huyó a todo correr.

Niñeras y niños, aterrorizados, prorrumpieron en gritos. Los guardias empezaron a pitar desesperadamente, corriendo en todas direcciones. Se armó una batahola[8] infernal.

—¡Al ladrón! ¡Al ladrón!

Pero Samatoja había saltado ya la tapia del parque y jadeaba, sano y salvo, en una callejuela desierta.

Luego de descansar un momento, sacó de uno de los bolsillos de su vieja chaqueta un lápiz y un pedazo, arrugado y sucio, de papel y, sirviéndose de la tapia como escritorio, escribió, sin pueriles preocupaciones ortográficas, la siguiente carta:

«Estimada señorita Vera: Perdóneme usted que me fuera sin despedirme. Si no hubiera puesto pies en polvorosa, el juego de los ladrones hubiera acabado mal para mí. Yo no hubiera querido disgustarte, porque eres una niña muy mona y muy buena; pero ya ves... Te regalo,

---

[8]   Ruido muy grande, lío.

como recuerdo mío, esta muñeca, que me he encontrado en la calle. Te beso las manecitas. No te olvidaré nunca en mis oraciones. Sé feliz y no le guardes rencor a Michka Samatoja, que te quiere y te estima mucho».

* * *

Aquella misma tarde Samatoja tiró por encima de la cerca al jardín de Vera la muñeca, a cuyo traje azul había prendido la cartita con un alfiler.

PIMIENTA

Naguib Mahfuz (El Cairo, 1911 – íd., 2006). Licenciado en Filosofía y Letras, desde 1945 se muestra como un magnífico escritor de novelas y cuentos realistas. En 1957, por la publicación de *Trilogía,* recibió el Premio Nacional de Literatura y en 1988 el Premio Nobel. Sus obras se ambientan en Egipto y poseen la fuerza del documento real, con el hondo retrato de la miseria y de los olvidados. También ha escrito guiones cinematográficos. Títulos importantes: *El murmullo de la locura* (1938), *El Cairo nuevo* (1945), *El espejismo* (1948), *El callejón de los milagros* (1947), que ha sido llevada al cine, y *El ladrón y los perros* (1961).

Esta versión de *Pimienta* forma parte de la antología *Cuentos de ayer y de hoy,* publicada por la editorial Magisterio Español en 1994, dentro de su colección Novelas y Cuentos.

En el café «La Felicidad» hay muchas cosas interesantes. Una de ellas, *Pimienta,* un chico de doce años o poco más. Su verdadero nombre es Taha Sanqar, pero se le conoce por *Pimienta.* Está en el café desde las primeras horas de la mañana hasta la noche, para acercar la candela a los que quieren fumar un narguilé [1].

Ya se sabe que los motes no son injustificados, pero éste está especialmente bien puesto: el muchacho es vivo, ágil, acude como una avispa antes de que el cliente haya acabado de llamarle. No para en todo el tiempo de moverse ni de hablar.

Trabaja allí desde hace un año por una piastra [2] al día, además de su narguilé, y una taza de té por la mañana y otra después de la comida. Con esto está más que satisfecho. Se siente orgulloso cada vez que piensa que se gana el sustento y puede disponer de una piastra; así que, como él dice: «Yo, feliz y contento».

No por eso cree que está todo hecho. Su meta inmediata está en el día en que el patrón le autorice a llenar y servir los narguilés, trabajo que supone el ascenso de «chico» a «mozo»... Después..., ¡quién puede predecir adónde llegará!

---

[1]   Pipa alargada, común entre los egipcios.
[2]   Moneda de Egipto y Turquía.

Consecuente con su ambición, ejercita sin parar sus cuerdas vocales, voceando las consumiciones. Y es que en un café popular una buena garganta es tan importante como en una academia de canto.

Una de las cosas que más le gustan a *Pimienta* del café «La Felicidad» es la tertulia de estudiantes que se reúne allí las tardes de los días de fiesta y en vacaciones. Se acomodan en un rincón. Charlan. Juegan al chaquete[3]. Beben té y jengibre[4]. Son gentes del pueblo, pobres, igual que los demás clientes, pero los estudios se les han subido a la cabeza; se sienten superiores y mantienen las distancias. Han dejado de vestir el *yillab*[5], aunque alguno siga llevando calzado de madera.

Se reúnen a pasar el rato. Mientras sorben su té o su jengibre, uno cualquiera de ellos lee en alto un periódico vespertino[6]. Los otros le escuchan. A continuación se lanzan a comentarlo y discutirlo larga y apasionadamente.

Una tarde *Pimienta* entendió por primera vez lo que decían, y se llevó una gran alegría. Acababan de leer, entre otras cosas, la noticia del juicio incoado contra un alto funcionario acusado de corrupción.

Automáticamente se encendieron los comentarios...

—¡Éste ha caído en manos de la ley por casualidad! ¡Hay otros muchos que deberían estar en la cárcel, pero la justicia hace la vista gorda!

... y fueron haciéndose más directos y menos contenidos:

---

[3]   Juego muy popular en Egipto, parecido al de las damas.
[4]   Especia para condimentar los alimentos. Licor.
[5]   Chilaba, especie de túnica con capucha, utilizada entre los pueblos orientales y magrebíes.
[6]   De la tarde.

—El mal no está sólo en los funcionarios; hay otros..., ya me entendéis, peores y todavía más canallas. ¡En este país, si estuviera bien equilibrada la balanza de la Justicia, estarían llenas las cárceles y vacíos los palacios!

Rivalizaban en sacar a relucir nombres, en despellejarlos y en rebozarlos por el lodo, con voces alteradas, fuera de sí:

—Fijaos en Fulano, sin ir más lejos... ¿Sabéis cómo ha amasado su inmensa fortuna?... (y acto seguido enumeraban los atropellos y los robos con que había conseguido hacer dinero. Se daban tantos detalles que parecía estar contándolo el propio secretario o administrador del interesado).

No dejaron de hacer la disección de ningún personaje importante. Las vidas se interpretaban a gusto del consumidor. Se barajaban defectos. La frase que servía de trampolín era:

—¿Y sabéis cómo ha amasado su fortuna Fulano?...

Todo lo demás salía después.

Uno de ellos concluyó, furibundo:

—¡En este país el robo está permitido!

Pimienta entendió la frase sin dificultad, aunque había sido dicha en lengua culta. Le gustó. Una pasión enterrada revivió en su interior: ¡Qué bien suena eso de que éste es un país de ladrones! ¡Caramba, de modo que el robo está permitido aquí! *Pimienta*... lleva lo de robar en la sangre; ha sido criado a pechos del robo. Es a lo que está acostumbrado desde la cuna: su madre, que trabaja como vendedora de manzanas, se dedica en los ratos libres a «encontrar» alguna que otra gallina «perdida», y su padre, el tío Sanqar, vendedor ambulante de cacahuetes, es muy aficionado a llevarse la ropa tendida en los patios, y tiene una habilidad especial para escurrir el bulto. A pesar de todas esas «ayudas», la familia no prospera.

Aquella noche tuvo un final desagradable para *Pimienta*. Cuando volvió a su casa, mejor dicho a la habitación donde vivían todos, encontró a su madre levantada todavía, preocupada y desconsolada, rodeada de sus hijas, llorosas. El chico se asustó al encontrarse con aquello. Antes de darle tiempo a preguntar, su madre le explicó: «Un policía se ha llevado a tu padre». *Pimienta* comprendió la situación. Se acercó a su hermana mayor, y ésta le dijo algo más: que le habían denunciado por robar unas camisas y unos calzones, y que se lo habían llevado a la comisaría. Después de un momento de silencio añadió que, por lo menos, tenía cárcel para unos cuantos meses, o quizá años.

Pimienta no veía a su padre casi nunca: por la noche ya estaba dormido cuando éste volvía de sus vagabundeos, y por la mañana salía para el café antes de que su padre se hubiese levantado. A pesar de esto, contagiado por el ambiente, se puso triste y lloró.

De pronto recordó lo que había oído por la tarde y se acercó a contárselo a su madre: que el país estaba lleno de ladrones, y que el robo era legal... La mujer no estaba para fantasías; le apartó, le chilló agriamente que se callara, y acabó pegándole una bofetada.

Al despertar a la mañana siguiente, *Pimienta* había olvidado el día anterior; como si hubiese nacido de nuevo. Se fue para el café, con su paso rápido, sin distraerse.

No era la primera vez que metían a su padre en la cárcel.

EL TRABAJO

¡MALPOCADO!

Ramón del Valle-Inclán (Villanueva de Arosa, Pontevedra, 1866 – Santiago de Compostela, 1936). Vivió en Madrid la mayor parte de su vida, dedicado por entero a la literatura. Con su obra dramática *Luces de bohemia* (1924) descubre una nueva estética, el esperpento, que le situará a la altura de los grandes innovadores del siglo XX. Entre sus obras de teatro sobresalen las pertenecientes a la trilogía titulada *Comedias Bárbaras,* compuesta por *Águila de blasón* (1908), *Romance de lobos* (1908) y *Cara de Plata* (1922); *Divinas Palabras* (1920) y *Martes de Carnaval* (1930). Y en su narrativa, la colección de cuentos *Jardín umbrío* (1920) y las novelas *Tirano Banderas* (1926) y el ciclo *El Ruedo Ibérico,* compuesto por *La corte de los milagros* (1922), *Viva mi dueño* (1928) y *Baza de espadas* (1958).

Este relato procede del volumen titulado *Varia literaria,* editado por Joaquín del Valle-Inclán y perteneciente a colección Austral (n.° 379) de la editorial Espasa.

Ésta fue la mía andanza sin ventura
MACÍAS

La vieja más vieja de la aldea camina con su nieto de la mano por un sendero de verdes orillas, triste y desierto, que parece aterido [1] bajo la luz del alba. Camina encorvada y suspirante, dando consejos al niño, que llora en silencio:

—Ahora que comienzas a ganarlo, has de ser humildoso, que es ley de Dios.

—Sí, señora, sí...

—Has de rezar por quien te hiciere bien y por el alma de sus difuntos.

—Sí, señora, sí...

—En la feria de San Gundián, si logras reunir para ello, has de comprarte una capa de juncos, que las lluvias son muchas.

—Sí, señora, sí...

—Para caminar por las veredas has de descalzarte los zuecos.

—Si, señora, sí...

Y la abuela y el nieto van anda, anda, anda... La soledad del camino hace más triste aquella salmodia [2] infantil, que

---

[1] Helado.
[2] Canto monótono que causa aburrimiento.

parece un voto de humildad, de resignación y de pobreza
hecho al comenzar la vida. La vieja arrastra penosamente
las madreñas[3] que choclean[4] en las piedras del camino, y
suspira bajo el manteo que lleva echado por la cabeza. El
nieto llora y tiembla de frío; va vestido de harapos. Es un
zagal albino, con las mejillas asoleadas y pecosas: lleva
trasquilada sobre la frente, como un siervo de otra edad,
la guedeja[5] lacia y pálida, que recuerda las barbas del
maíz.

En el cielo lívido[6] del amanecer aún brillan algunas estrellas mortecinas. Un raposo que viene huido de la aldea,
atraviesa corriendo el sendero. Óyese lejano el ladrido de
los perros y el canto de los gallos... Lentamente el sol comienza a dorar la cumbre de los montes; brilla el rocío sobre la hierba; revolotean en torno de los árboles, con tímido
aleteo, los pájaros nuevos que abandonan el nido por vez
primera; ríen los arroyos, murmuran las arboledas, y aquel
camino de verdes orillas, triste y desierto, despiértase como
viejo camino de geórgicas[7]. Rebaños de ovejas suben por
la falda del monte; mujeres cantando vuelven de la fuente;
un aldeano de blancas guedejas pica la yunta de sus bueyes,
que se detienen mordisqueando en los vallados: es un viejo
patriarcal: desde larga distancia deja oír su voz:

—¿Vais para la feria de Barbanzón?

—Vamos para San Amedio, buscando amo para el rapaz.

—¿Qué tiempo tiene?

---

[3]   Zuecos de madera.
[4]   Palabra onomatopéyica que se refiere al ruido que hacen los zuecos al pisar el agua.
[5]   Mata de pelo.
[6]   Amoratado, morado.
[7]   *Geórgicas:* obra poética de Virgilio dedicada a la agricultura y las
labores del campo.

—El tiempo de ganarlo. Nueve años hizo por el mes de Santiago.

Y la abuela y el nieto van anda, anda, anda... Bajo aquel sol amable que luce sobre los montes, cruza por los caminos la gente de las aldeas. Un chalán [8] asoleado y brioso trota con alegre fanfarria de espuelas y de herraduras, viejas labradoras de Cela y de Lestrove van para la feria con gallinas, con lino, con centeno. Allá, en la hondonada, un zagal alza los brazos y vocea para asustar a las cabras, que se gallardean [9] encaramadas en los peñascales. La abuela y el nieto se apartan para dejar paso al señor arcipestre de Lestrove, que se dirige a predicar en una fiesta de aldea:

—¡Santos y buenos días nos dé Dios!

El señor arcipreste refrena su yegua de andadura mansa y doctoral:

—¿Vais de feria?

—¡Los pobres no tenemos qué hacer en la feria! Vamos a San Amedio buscando amo para el rapaz.

—¿Ya sabe la doctrina [10]?

—Sabe, sí, señor. La pobreza no quita el ser cristiano.

Y la abuela y el nieto van anda, anda, anda... En una lejanía de niebla azul divisan los cipreses de San Amedio, que se alzan en torno del santuario, oscuros y pensativos, con las cimas mustias ungidas por un reflejo dorado y matinal. En la aldea ya están abiertas todas las puertas, y el humo indeciso y blanco que sube de los hogares se disipa en la luz como salutación de paz. La abuela y el nieto llegan al atrio. Sentado en la puerta, un ciego pide limosna

---

[8] Tratante. Hombre que negocia compras y ventas, en especial de caballerías. Negociante que engaña en los tratos.

[9] Se gallardean: presumen, se muestran hermosas, erguidas, airosas.

[10] La doctrina: se refiere al catecismo.

y levanta al cielo los ojos, que parecen dos ágatas blan-
quecinas:

—¡Santa Lucía bendita vos conserve la amable vista y
salud en el mundo para ganarlo!... ¡Dios vos otorgue qué
dar y qué tener...! ¡Salud y suerte en el mundo para ganarlo...! ¡Tantas buenas almas del Señor como pasan no dejarán al pobre un bien de caridad...!

Y el ciego tiende hacia el camino la palma seca y amarillenta. La vieja se acerca con su nieto de la mano y murmura tristemente:

—¡Somos otros pobres, hermano...! Dijéronme que bus-
cabas un criado...

—Dijéronte verdad. Al que tenía enantes abriéronle la cabeza en la romería de Santa Baya de Cela. Está que loquea...

—Yo vengo con mi nieto.

—Vienes bien.

El ciego extiende los brazos palpando en el aire:

—Llégate, rapaz.

La abuela empuja el niño, que tiembla como una oveja
acobardada y mansa ante aquel viejo hosco, envuelto en un
capote de soldado. La mano amarillenta y pedigüeña del
ciego se posa sobre los hombros del niño, anda a tientas por
la espalda, corre a lo largo de las piernas:

—¿Te cansarás de andar con las alforjas a cuestas?

—No, señor; estoy hecho a eso.

—Para llenarlas hay que correr muchas puertas. ¿Tú co-
noces bien los caminos de las aldeas?

—Donde no conozca, pregunto.

—En las romerías, cuando yo eche una copla, tú tienes
que responderme con otra. ¿Sabrás?

—En aprendiendo, sí, señor.

—Ser criado de ciego es acomodo que muchos quisieran.

—Sí, señor, sí.

—Puesto que has venido vamos hasta el Pazo de Cela. Allí hay caridad. En este paraje no se recoge ni una triste limosna.

El ciego se incorpora entumecido[11], y apoya la mano en el hombro del niño, que contempla tristemente el largo camino y la campiña verde y húmeda, que sonríe en la paz de la mañana, con el caserío de las aldeas disperso y los molinos lejanos, desapareciendo bajo el emparrado de las puertas, y las montañas azules, y la nieve en las cumbres. A lo largo del camino, un zagal anda encorvado segando yerba, y la vaca de trémulas[12] y rosadas ubres pace mansamente arrastrando el ronzal.

El ciego y el niño se alejan lentamente, y la abuela murmura enjugándose los ojos:

—¡Malpocado, nueve años y gana el pan que come!... ¡Alabado sea Dios!...

---

[11]   Rígido, sin movimiento.
[12]   Temblorosas.

EL APÓSTATA

Jack London (San Francisco, 1876 – Glen Ellen, California, 1916). Tuvo una vida tan novelesca como sus relatos. Fue pescador de ostras, guardacostas, marinero, estuvo en la cárcel y viajó a Alaska en busca de oro, tierra en la que no encontró riqueza, pero sí historias apasionantes para sus cuentos. De ese mundo de grandes aventureros surgieron dos espléndidas novelas, que tienen como protagonistas a perros y que han sido llevadas al cine, *La llamada de la selva* (1903) y *Colmillo Blanco* (1906), y muchas colecciones de relatos como *Las aventuras del Gran Norte* y *La quimera del oro*. Se suicidó con cuarenta años en medio de una crisis de inadaptación y alcoholismo.

———

El apóstata forma parte de la colección de relatos *Las aventuras del Gran Norte*, que fue editada por Plaza y Janés en 1977.

Ahora me levanto para ir a mi trabajo;
pido al Señor que no vacile.
De morir antes de caer la noche,
pido al Señor que mi trabajo sea perfecto.
Amén

—Si no te levantas, Johnny, no te daré el desayuno!

Esta amenaza no le causó el menor efecto al muchacho. Insistía en sus propósitos de seguir durmiendo y, así, hundirse en el olvido, igual que un soñador se aferra a sus ensueños. Las manos se agitaron en el aire, con movimientos espasmódicos[1]. Los golpes iban dirigidos a su madre, pero ésta, que andaba al tanto, los esquivó fácilmente, mientras le sacudía.

—¡Déjame en paz!

Fue un grito que comenzó ahogado, desde las profundidades del sueño, para elevarse rápidamente, cual un alarido de apasionada agresividad, muriendo, luego, al convertirse en un sollozo. Semejaba la queja bestial de un alma atormentada, que expresara su dolor.

Sin embargo, a su madre no le impresionó. Era una mujer de ojos tristes y rostro cansado, acostumbrada a esta escena, que se repetía a diario. Echó mano a las mantas, para

---

[1] Con movimientos musculares involuntarios.

apartarlas, pero el muchacho, interrumpiendo sus golpes, las sujetó con desesperación. Fue a enroscarse a los pies del lecho, en busca de cobijo. Entonces, su madre quiso arrojarlas al suelo. El muchacho se opuso. Ella se enderezó. Tenía más peso y tanto el muchacho como la ropa acabaron por ceder, el primero siguiendo a la otra, para protegerse del frío que le mordía el cuerpo.

Al llegar al extremo de la cama, pareció que fuese a caer de cabeza. Pero se iba despertando. Se incorporó casi a punto de perder el equilibrio. Luego, apoyó los pies en el suelo. En ese momento, le sujetó su madre por los hombros, para sacudirle. El chico lanzó nuevos golpes, pero esta vez con mayor fuerza y precisión. Al mismo tiempo, abrió los ojos. Ella le soltó. Había despertado.

—Está bien —dijo el chico.

Su madre tomó la lámpara y se fue, dejándole a oscuras.

—Van a sancionarte —advirtió.

Al muchacho no le importaba la oscuridad. Una vez se hubo vestido, pasó a la cocina. Andaba con inexplicable pesadez en un cuerpo tan delgado y liviano. Debía arrastrar las piernas, lo que resultaba ridículo a causa de lo flacas que eran. Acercó una silla rota a la mesa.

—¡Johnny! —advirtió su madre agriamente.

Se puso en pie con presteza y, sin más palabras, se encaminó a la fregadera. Estaba sucia y grasienta. Del sumidero emanaba un profundo hedor. Todo esto era, para el muchacho, parte del orden natural, lo mismo que el hecho de que el jabón estuviese impregnado de agua sucia y costase sacarle espuma. No se esforzó mucho en conseguirlo. Con un poco de agua fría, liquidó la operación. No se lavó los dientes. En realidad, nunca había visto un cepillo de dientes ni sabía que existiese gente capaz de tamaña tontería como era limpiárselos.

—Podrías lavarte cada mañana sin que tuviese que decírtelo —se lamentó su madre.

A través de un colador roto, iba llenando dos tazas de café. Johnny no hizo comentarios ya que éste era un continuo motivo de discusión entre ellos y la única cosa en la que su madre se mostraba intransigente. Era obligatorio que se lavase la cara cada mañana. Se secó con una toalla grasienta, húmeda, sucia y rota, que le dejó el rostro cubierto de pelusa.

—Preferiría no vivir tan lejos —dijo su madre cuando se sentó el chico—. Hago todo lo que puedo. Lo sabes muy bien. Pero, aquí, el alquiler es más barato y tenemos más espacio. También lo sabes.

Apenas la escuchaba. Había oído lo mismo infinidad de veces. Las ideas de su madre eran muy limitadas y de continuo se lamentaba de las penalidades provocadas por vivir tan lejos de la fábrica.

—Con este alquiler podemos tener más comida —se limitó a decir Johnny—. Prefiero andar y comer mejor.

Devoró el desayuno a toda prisa, tragándose el pan a medio masticar, con ayuda del café. Llamaban café a aquel líquido caliente y sucio. Y Johnny lo tenía por café, un magnífico café. Era aquélla una de las pocas ilusiones que conservaba en la vida. Jamás había bebido otra cosa.

Además del pan, había una pequeña loncha de tocino frío. Su madre volvió a llenarle la taza. Al concluir el pan, alzó la cabeza para ver si le daban más. Ella lo advirtió.

—No seas glotón, Johnny —fue su comentario—. Te has comido tu parte. Tus hermanos son más pequeños.

No respondió a la censura. No era muy hablador. Y dejó de pedir con la mirada. Nunca se quejaba, aceptándolo todo con una conformidad tan terrible como la escuela en la que lo había aprendido. Se bebió el resto del café y se limpió la cara con el dorso de la mano, mientras se levantaba.

—Espera un poco —le dijo su madre—. Creo que aún puedo darte otra rebanada. Una muy delgada.

Había cierto malabarismo en sus actos. Aunque simuló cortar una de la hogaza, volvió a guardarla en el cajón del pan, para darle la suya. Estaba segura de haberle engañado, aunque él se había dado cuenta del escamoteo. Sin embargo, aceptó el pan sin la menor vergüenza. Creía que su madre, a causa de sus continuas economías, tenía poco apetito.

Ella le vio masticar el pan seco y vertió su taza de café en la del muchacho.

—Esta mañana tengo el estómago sucio —le explicó.

Una lejana sirena, penetrante y prolongada, les hizo ponerse en marcha. La madre contempló el reloj que había en la repisa de la chimenea. Las manecillas señalaban las cinco y media. El resto del personal de la fábrica comenzaba entonces a despertarse. La madre se echó un chal sobre los hombros y se puso un sombrero viejo, deformado y sucio.

—Hay que darse prisa —dijo apagando la luz y el fogón.

Bajaron por la escalera. Hacía frío y Johnny se estremeció al primer contacto con el exterior. Las estrellas aún no se habían apagado en el cielo y la ciudad aparecía a oscuras. Tanto Johnny como su madre andaban arrastrando los pies. Los músculos de las piernas carecían de la necesaria ambición para alzarlos del suelo.

Al cabo de quince minutos en silencio, su madre tomó un desvío a la derecha.

—No vuelvas tarde —fue su última advertencia desde las sombras que la estaban absorbiendo.

Johnny no respondió, limitándose a continuar su camino. En la fábrica se abrían las puertas, y pronto el chico se mezcló con la gran multitud que avanzaba por la oscuridad. Al cruzar la puerta principal, hubo un nuevo toque de sirena. Entonces, el muchacho se volvió hacia el Este. Sobre una quebrada línea de edificios, comenzaba a nacer una débil claridad. Fue lo único que pudo ver de sol, antes de volverle la espalda para unirse a los demás trabajadores.

Ocupó su puesto en una de las largas hileras de máquinas. Ante él, unas bobinas giraban rápidamente. A ellas ató los hilos de otras más pequeñas. El trabajo era sencillo y sólo requería cierta celeridad. Las bobinas pequeñas se vaciaban pronto y había tantas de las mayores que no quedaba tiempo para distraerse.

Trabajaba de manera mecánica. Cuando se acababa una de las pequeñas, detenía la mayor con la mano, a modo de freno, y, al mismo tiempo, con el pulgar y el índice sujetaba el hilo. Pero, a la vez, con la derecha cogía el de la bobina pequeña. Todas esas operaciones debían realizarse al unísono y muy deprisa. Luego, ambas manos se cruzaban al atar los hilos y soltar las bobinas. No había dificultad en anudarlas. En una ocasión, Johnny se ufanó[2] de poder hacerlo dormido. Y a veces llegaba a hacerlo, uniendo centenares de metros a lo largo del sueño de una sola noche.

Algunos de los chicos se distraían jugando, perdiendo el tiempo y el trabajo al no sustituir las bobinas pequeñas cuando se agotaban. Había un encargado para evitarlo. Descubrió al vecino de Johnny fuera de sitio y le calentó las orejas.

—Fíjate en Johnny. ¿Por qué no eres como él? —exclamó el furioso capataz.

Las bobinas funcionaban a toda máquina, pero el aludido no se enorgulleció del indirecto elogio. Hubo una época...

---

[2] Se ufanó: presumió.

pero de eso hacía ya mucho. Su rostro apático carecía de expresión al oír que le mostraban como ejemplo. Era el perfecto operario. Lo sabía. Se lo habían dicho con frecuencia. Todos estaban enterados, pero ya no parecía significar nada. De un perfecto operario, se había convertido en una perfecta máquina. Cuando su trabajo iba mal, se debía, de manera indefectible, a materiales defectuosos. Hubiese resultado tan imposible que un molde hiciera malos ladrillos como que Johnny cometiese un error.

Pero nada tenía de extraño. Siempre había estado en contacto con las máquinas. Formaban parte de su naturaleza ya que con ellas se fue criando. Doce años antes, hubo cierta perturbación en la sala de telares de aquella misma fábrica. La madre de Johnny se desmayó. La tendieron en el suelo, entre las atronadoras máquinas. Un par de mujeres mayores acudieron desde sus telares. El capataz intervino. Y unos minutos después, en la nave había entrado una nueva alma. Era Johnny, nacido con el traqueteo de los telares en sus oídos, absorbiendo, al respirar por primera vez, el aire cálido y húmedo, cargado de borra. Tosió aquel día, para limpiarse los pulmones y, por la misma razón, había continuado tosiendo desde entonces.

El vecino de Johnny lloraba y gemía. El rostro se le iba contrayendo de odio al encargado, que no dejaba de vigilarle, con expresión amenazadora, pero las bobinas giraban a toda marcha. El muchacho les lanzaba, a gritos, las más terribles maldiciones, aunque su voz no llegaba siquiera a una docena de pasos, ya que el estruendo que reinaba en la nave la apagaba totalmente.

En nada de esto se fijó Johnny. Sabía aceptar las cosas. Además, todo llegaba a hacerse monótono con la repetición y había presenciado aquel mismo incidente infinidad de veces. A Johnny le parecía tan inútil enfrentarse al encargado como a la máquina. Éstas fueron construidas para funcionar de una manera determinada y para realizar determinadas tareas. Lo mismo ocurría con los capataces.

Hacia las once, hubo un movimiento de sorpresa en la nave. De manera invisible e ignorada, se fue extendiendo por todas partes. El otro vecino de Johnny, un muchacho cojo, cruzó rápidamente la distancia que le separaba de su armario vacío, donde se ocultó con muleta y todo. Por la nave avanzaba el director de la fábrica, en compañía de un hombre joven. Éste iba bien vestido, con una camisa de cuello duro; un «señor», según la clasificación de Johnny. Además, era el inspector.

Dirigía atentas miradas a los muchachos ante los que pasaba. A veces, se detenía para hacerles preguntas. Entonces, se veía obligado a gritar con toda la fuerza de sus pulmones, enrojeciéndole la cara en el intento de que le oyesen. Enseguida se dio cuenta de la máquina vacía, junto a Johnny, pero nada dijo. Tomó a éste por el brazo, apartándole de su tarea, pero, con una exclamación de sorpresa, volvió a soltarle.

—Muy flaco —dijo el director sonriendo.

—Parecen palillos —fue la respuesta—. Fíjese en las piernas. Padece escrofulismo de manera incipiente, desde luego, pero sin duda alguna. Si no le mata la epilepsia, será porque antes le mata la tuberculosis[3].

Johnny lo oyó, pero sin comprenderlo. Además, le interesaban poco los peligros futuros. Había uno, mucho más

---

[3] Escrofulismo: tuberculosis crónica de los ganglios linfáticos; epilepsia: enfermedad del sistema nervioso, que se caracteriza por la aparición recurrente de ataques con pérdida de conocimiento y convulsiones; tuberculosis: enfermedad infecciosa que ataca a diferentes órganos del cuerpo, pero especialmente al aparato respiratorio.

inmediato y peligroso, que le estaba amenazando, bajo la forma del inspector.

—Mira, muchacho, quiero que me digas la verdad —exclamó este último o, mejor dicho, gritó al oído del chico—. ¿Cuántos años tienes?

—Catorce —mintió Johnny, con todas sus fuerzas. Tan alto lo dijo que le provocó una tos, seca y convulsa, que le limpiaba los pulmones de toda la borra acumulada.

—Pues, por lo menos, parecen dieciséis —opinó el director.

—O sesenta —añadió el inspector.

—Siempre ha tenido el mismo aspecto.

—¿Desde hace cuánto? —quiso saber el otro con presteza.

—Desde hace años. No parece envejecer.

—Ni tampoco rejuvenecerse. ¿Ha estado trabajando aquí durante todo ese tiempo?

—A temporadas, pero antes de que se aprobase la nueva ley —aseguró el director.

—¿Abandonada? —indagó el inspector señalando la solitaria máquina vecina a Johnny, en la que las bobinas giraban a toda velocidad.

—Eso parece —el director hizo una seña al capataz, gritándole algo, luego, al oído—. ¡Sí, abandonada! —le dijo al inspector.

Siguieron y Johnny volvió a su trabajo, con el alivio de haber evitado la desgracia. Pero el cojo no tuvo tanta suerte. La viva mirada del inspector le descubrió en el armario. El capataz parecía estupefacto, igual que si fuese la primera vez que veía al aprendiz, mientras que el rostro del director expresaba indignación y desagrado.

—A ése le conozco —dijo el inspector—. Sólo tiene doce años. En pocos meses he tenido que hacerle abandonar tres fábricas. Ésta será la cuarta —luego, se volvió al cojo—. Me prometiste, dándome tu palabra de honor, que irías al colegio.

El muchacho rompió a llorar.

—Sea bueno, señor inspector, se nos han muerto dos niños. Somos muy pobres.

—¿Por qué toses de ese modo? —quiso saber el otro, como si le culpara de un delito.

Y, lo mismo que si rechazase una acusación, el cojo explicó:

—¡No es nada! Me constipé la semana pasada, señor inspector, eso es todo.

Al final, el chico salió de la nave con el inspector, en compañía del director que se deshacía en protestas. Luego, la monotonía se extendió de nuevo. Pasaron la larga mañana y la interminable tarde y la sirena indicó la hora de cierre. Había caído la noche cuando Johnny cruzó la puerta de la fábrica. En el intervalo, el sol inundó el cielo de luz dorada, bañando el mundo con su agradable calor, para, luego, desaparecer tras un quebrado horizonte de edificios.

La cena era la única comida que reunía a toda la familia, la única que Johnny compartía con sus hermanos y hermanas menores. Para él, equivalía casi a descubrir una nueva generación, ya que era muy viejo, mientras que los otros inquietantemente niños. Perdía la paciencia ante su excesiva y sorprendente juventud. No llegaba a comprenderlo. Su infancia quedaba muy lejos. Semejaba un anciano irritable, molesto por la turbulencia de sus espíritus infantiles, que consideraba como simple tontería. Comía en silencio, complaciéndose en pensar que ellos, a su vez, comenzarían a trabajar muy pronto. Esto iba a quitarles turbulencia, para hacerles más reposados y dignos, igual que él. Así, según es corriente entre los hombres, Johnny se había erigido a sí mismo en medida para juzgar el universo.

Durante la comida, su madre estuvo explicando, de diferentes modos y con muchas repeticiones, que hacía cuanto estaba en sus manos. Por tanto, Johnny se sintió aliviado cuando, concluida la parca comida, apartó la silla para levantarse. Dudó un momento entre retirarse a su cuarto o salir al exterior y, por fin, se decidió por lo último. No fue muy lejos. Se sentó a la puerta, con las piernas encogidas e inclinando los estrechos hombros, apoyados los brazos en las rodillas y la cabeza en las palmas de las manos.

No pensaba en nada. Descansaba tan sólo. Su mente se había dormido. Salieron sus hermanos y hermanas y, junto con otros niños, comenzaron a jugar, escandalizando. Un farol eléctrico les iluminaba. Sabían que Johnny era misántropo [4] y solitario pero un espíritu burlón les impulsaba a burlarse de él. Cogidos de la mano y llevando el compás con el cuerpo, encendidos los rostros de picardía, comenzaron a cantar una poco respetuosa cantinela. Al principio, Johnny les dedicó varios insultos, aprendidos de boca de los encargados. Sin embargo, al comprender que no iba a hacerlos callar y recordando su dignidad, cayó en un silencio arisco.

Su hermano Will, que era quien le seguía en años, pues había cumplido los diez, era quien los capitaneaba. Johnny le tenía poco afecto. Todas las amarguras de su vida se debían a haberle tenido que ceder algo a Will. Consideraba que éste le adeudaba mucho y que, al mismo tiempo, se mostraba muy desagradecido. En el lejano pasado tuvo, con frecuencia, que dejar de jugar para encargarse de Will. Éste,

---

4   Que odia a la humanidad, a sus semejantes.

en aquella época, era un niño de meses y su madre, igual que ahora, se pasaba el día en la fábrica. A Johnny le tocó sustituirla.

Will mostraba las ventajas de tantos privilegios. Estaba bien constituido, era fuerte, tan alto como su hermano mayor y mucho más pesado. Parecía como si la sangre de uno hubiese pasado al otro. Y lo mismo ocurría con sus actitudes. Johnny era silencioso, sin resistencia y se sentía gastado, mientras que su hermano menor parecía que iba a estallar de vitalidad.

La burlona cantinela fue elevándose de tono. Will se inclinó más hacia Johnny y, al mismo tiempo que bailaba, le sacó la lengua. El otro, con un rápido movimiento, le agarró por el cuello. Sin soltarle, le lanzó el huesudo puño a la nariz. Se trataba de un puño muy flaco, pero capaz de herir, como demostraba el quejido de dolor que arrancó. El resto de niños estallaron en gritos de miedo, mientras Jessie, la hermana de los contendientes, corría hacia la casa.

Johnny apartó a Will, le dio un puntapié en la canilla y le tendió de cara al suelo. No se detuvo hasta haberle restregado el rostro en el polvo. Entonces, apareció la madre, como un anémico torbellino de anhelo y solicitud materna.

—¿Por qué no me deja en paz? —fue la respuesta de Johnny a sus recriminaciones—. ¿Es que no se da cuenta de que estoy cansado?

—Soy tan alto como tú —gritó Will protegido por los brazos de la madre, con la cara hecha una masa de lágrimas, de tierra y de sangre—. Soy tan alto como tú y lo seré mucho más. Entonces, te daré una paliza. Te lo juro.

—Pues si tan alto eres, debieras estar trabajando —se burló Johnny—. Eso es lo que pasa. Debieras estar trabajando. Y tu madre ha de buscarte empleo.

—Es aún muy pequeño —protestó ella—. Tan sólo un niño.

—Yo lo era más cuando me coloqué.

Johnny iba a seguir exponiendo lo que consideraba una injusticia, pero cerró la boca bruscamente. Hosco, giró sobre sí mismo, para entrar en la casa e irse a su cuarto. Dejó la puerta abierta para que entrase el calor de la cocina. Mientras se desnudaba en la semioscuridad, oyó a su madre que hablaba con una vecina que había ido a visitarla. Su madre lloraba y sus palabras se mezclaban con apagados sollozos.

—No sé lo que le ocurre a Johnny —decía—. Antes no se portaba así. Era un ángel de paciencia. Pero es un buen chico —se apresuró a añadir—. Ha trabajado mucho, y ciertamente que se colocó demasiado joven. No fue culpa mía pues he hecho cuanto he podido.

Siguieron varios sollozos prolongados y Johnny dijo, entornando los párpados:

—Desde luego que he trabajado mucho.

A la mañana siguiente, su madre le arrancó de los brazos del sueño. Luego, siguieron el magro desayuno, el camino en la noche y el pálido rayo de sol sobre los edificios, conforme Johnny cruzaba la puerta de la fábrica. Era otro día entre todos los días y todos los días eran iguales.

Sin embargo, su existencia no careció de variedad, como las veces que cambiara de trabajo o que cayera enfermo. A los seis años, debía cuidar de Will y de sus otros hermanos, aún más pequeños. A los siete, fue a la fábrica para enrollar bobinas. A los ocho, le salió un empleo en otra fábrica. Resultaba mucho más sencillo. Lo único que debía hacer era estar sentado todo el día, guiando, con un palo, la pieza de tela que no cesaba de pasarle por delante. La tela salía de una máquina, corría entre unos rollos y continuaba hacia otro sitio. Él se sentaba siempre en el mismo lugar, oculto a la luz del sol, iluminándose con un fanal de gas, convertido en parte de la maquinaria.

Fue feliz en aquel empleo, pese al húmedo calor, ya que era aún muy joven y tenía grandes sueños y numerosas ilusiones. Los iba repasando y creando conforme vigilaba la pieza de tela que corría sin interrupción. Sin embargo, el trabajo no le obligaba a esforzarse, y nada le aguzaba la inteligencia, por lo que acabó dejando de soñar y la mente se le hizo torpe y densa. Pese a todo, ganaba dos dólares a la semana y dos dólares representaban la diferencia entre morirse de hambre o una mala alimentación crónica.

Al cumplir los nueve años, perdió su empleo. La causa fueron las paperas. Al reponerse, consiguió trabajo en un horno de vidrio. El jornal era mejor y su trabajo requería cierta habilidad. Pagaban a destajo [5] y, cuanto más hábil, más ganaba. Allí había un incentivo [6]. Y, a causa de ese incentivo, se convirtió en un obrero extraordinario.

El trabajo era sencillo, limitándose a ponerles bolas de vidrio a las botellas. Las sostenía entre las rodillas, para poder usar ambas manos. Así, sentado siempre, al tener que inclinarse hacia delante, los hombros se le fueron doblando y el pecho hundiendo durante diez horas diarias. No resultaba muy bueno para los pulmones, pero llegó a hacer trescientas docenas de botellas en una sola jornada.

El director estaba muy orgulloso de él, e, incluso, invitaba a sus amigos para que le viesen. En diez horas, pasaban por sus manos trescientas docenas de botellas. Esto significaba que había alcanzado la perfección de una máquina.

---

[5] A destajo: sistema de contratación en el que se paga exclusivamente por el trabajo hecho.
[6] Estímulo.

Eliminó todo movimiento superfluo. Todos y cada uno
de ellos, tanto de sus flacos brazos como de los músculos de
sus dedos, eran rápidos y precisos. Trabajaba en tensión y,
como resultado, se sentía muy nervioso. De noche, el cuerpo
le brincaba, incluso dormido, y no lograba relajarse y descansar. Estaba siempre agitado y los músculos parecían a
punto de saltarle. Adelgazó y le empeoró la tos. Entonces,
la pulmonía hizo mella en los débiles pulmones del contra-
ído pecho y perdió su empleo en el horno de vidrio.

Ahora estaba de vuelta a la fábrica de yute[7], donde co-
menzara, en las bobinas. Pero le esperaba un ascenso. Era
un buen operario. Pronto le pasarían a los batanes[8], y, más
tarde, a la sala de telares. Después de eso, ya no quedaba
nada, excepto ir aumentando en eficacia.

Las máquinas eran mucho más rápidas que cuando comenzó a trabajar, pero su mente mucho más lenta. Ya no
soñaba nunca, aunque sus primeros años estaban llenos de
ilusiones. En una ocasión, se había enamorado. Fue cuando
le destinaron a guiar la tela con un palo y se trataba de la
hija del director. Era mucho mayor que él, una mujer joven
pero ya hecha, y sólo la había visto, desde lejos, cosa de
media docena de veces. Pero eso no importaba. En la superficie interminable de la pieza de tela, imaginó un radiante futuro en el cual realizaba prodigios en su trabajo,
inventaba máquinas milagrosas y le nombraban director de
la fábrica.

Pero de eso hacía ya mucho, antes de que fuese demasiado viejo y estuviera demasiado cansado para el amor.
Además, ella se casó, marchándose lejos, y a Johnny la

---

[7]   Fibra que se obtiene de algunas plantas y se emplea para cuerdas y
tejidos de arpillera.
[8]   Mazos que golpean paños para desengrasarlos o apretar el tejido.

mente se le fue durmiendo. No obstante, constituyó una extraordinaria experiencia y frecuentemente la recordaba, lo mismo que otros hombres y otras mujeres recuerdan la época en que creían en las hadas. Él nunca había creído en las hadas ni, tampoco, en Santa Claus, pero, de un modo implícito, creyó en el brillante futuro que construyera en su mente sobre el humeante río de tela.

Se hizo hombre muy pronto. Su adolescencia comenzó a los siete años, al cobrar el primer jornal. Le invadió cierta sensación de independencia y cambiaron sus relaciones con su madre. Por motivos no expuestos, al contribuir al mantenimiento de la casa y al ganar algún dinero, se convertía en su igual. Fue totalmente hombre a los once años, cuando pasó a trabajar en el turno de noche durante seis meses. Ningún niño que trabaje en los turnos de noche continúa siéndolo.

Hubo varios acontecimientos importantes en su vida. Uno de ellos fue cuando su madre compró unas ciruelas californianas. Otro, cuando ella preparó una tarta. Esto sí tuvo importancia. Lo recordaba con agrado. Y en aquella ocasión, su madre le habló de un plato especial, que alguna vez les prepararía, llamado «Islas Flotantes», mucho más sabroso que todos los pasteles. Durante años, estuvo esperando a sentarse a la mesa para saborear las «Islas Flotantes», pero acabó por relegarlo al limbo de los ideales inalcanzables.

Cierta vez, encontró un *cuarter*[9] de plata. También aquello constituía un gran acontecimiento en su existencia, si bien un poco trágico. Supo lo que iba a hacer en el mismo instante de percibir el brillo de la plata; antes, incluso, de

---

[9]   Veinticinco centavos.

recoger la moneda. En su casa, como de costumbre, no había bastante para comer y hubiera debido entregarla a su madre, como hacía los sábados con el jornal. Resultaba obvia la conducta que debía seguir, pero nunca había dispuesto de dinero y tenía hambre de caramelos. Ansiaba comerse algunos de los que, sólo en días muy especiales, conseguía probar.

No quiso engañarse. Sabía que era pecado y pecó deliberadamente cuando fue a comprarse quince centavos de caramelos. Se guardó los otros diez para algún futuro festejo, pero, al no tener costumbre de llevar dinero, no tardó en perderlo. Ocurrió cuando más le atormentaba la conciencia, por lo que quiso ver en ello un acto de justicia divina. Tenía cierta aterradora sensación de la íntima presencia de un dios terrible e iracundo. Este dios había visto y este dios fue rápido en el castigo, privándole de las demás ventajas del pecado.

Seguía considerando esto como el gran delito de su vida y, al recordarlo, la conciencia nunca dejaba de remorderle. Era su ignominia [10]. Además, al tratarse de un caso tan concreto, se sentía descontento. No estaba satisfecho del modo como gastó el *cuarter*. Pudo haberlo empleado mucho mejor y, sabiendo ya la rapidez del castigo divino, era posible adelantarse a ese mismo dios, gastando todo el dinero de una sola vez. En sus pensamientos, lo había hecho por lo menos mil veces, en cada una de ellas más provechosamente que en la anterior.

Tenía otro recuerdo del pasado, aunque muy leve y borroso, pero impreso con fuerza en su alma por los inquietos pies de su padre. Resultaba más parecido a una pesadilla

---

[10]   Deshonor, vergüenza.

que a un hecho real, semejante a esos pocos que nos quedan en la memoria y que nos hacen caer, durante el sueño, hacia nuestros primeros antepasados.

Johnny no recordaba nunca a su padre de día, cuando estaba despierto. Únicamente le asaltaba de noche, en la cama, en los instantes en que se iba sumiendo en el sueño. Conseguía siempre despertarle, asustado, y en los primeros instantes de desorientación le parecía estar tendido de través al pie de la cama. Y, en esa misma cama, se encontraban las confusas formas de su padre y de su madre. A él nunca pudo verle bien. La sola impresión que guardaba era que tenía unos pies inquietos y despiadados.

Conservaba estos recuerdos de su primera infancia, pero carecía de ellos acerca de los últimos tiempos. Todos los días resultaban iguales. Ayer o el año pasado eran iguales a mil años atrás o a un minuto antes. Nada ocurría nunca. No había acontecimientos que señalasen el paso del tiempo. Todo se mantenía muy quieto e inmutable. Tan sólo las máquinas girantes se movían pero sin conducir a ninguna parte, aunque nunca estuviesen paradas.

Al cumplir los catorce años, le destinaron a los batanes. Aquél sí que era un acontecimiento importante. Por fin, había ocurrido algo que podía recordarse más allá de una noche de sueño o del día de paga. Marcaba toda una era. Algo así como una olimpiada, un punto de partida. Desde entonces, se le oía decir con frecuencia: «Cuando me destinaron a los batanes» o «Antes de que me destinasen a los batanes».

Celebró su decimosexto cumpleaños con el traslado a la sala de telares, donde le encargaron de uno. De nuevo, se encontró con un incentivo, pues el trabajo era, asimismo, a destajo. Muy pronto sobresalió, ya que el barro que era su cuerpo había sido moldeado en la fábrica para ser una máquina perfecta. Al cabo de tres meses, estaba encargado de dos telares y, luego, de tres e, incluso, de cuatro.

En el segundo año, tejía más metros que cualquier otro operario y dos veces más que los menos hábiles. En su casa se advirtió la prosperidad, conforme iba aumentando el jornal. No obstante, tales aumentos no eliminaron la penuria. Los chicos crecían. Comían más. Iban al colegio y los libros de texto costaban dinero. Además, parecía como si, por muy deprisa que trabajase, los precios subieran con mayor celeridad. Incluso les subieron el alquiler, aunque la casa estaba prácticamente en ruinas.

Había crecido, pero, con mayor estatura, resultaba más delgado. También estaba más nervioso. Como consecuencia, aumentaron su mal carácter y su irritabilidad. Los niños, después de una serie de amargas lecciones, habían aprendido a evitarle. Su madre le respetaba a causa de sus ingresos, pero se hubiera dicho que tal respeto estaba teñido de miedo.

Le faltaba alegría de vivir. No advertía el paso de los días. De noche, su sueño era agitado e inquieto. El resto del tiempo, trabajaba con maquinal monotonía. Fuera de esto, su cerebro no funcionaba. No tenía ideales y tan sólo una ilusión: la de que bebía excelente café. Era una bestia de trabajo. Carecía de cualquier clase de vida interior, pero, en lo más hondo de las criptas [11] de su mente, aunque él lo ignorase, se medían y pesaban cada hora de trabajo, cada movimiento de las manos, cada contracción de los músculos, mientras hacían preparativos para el futuro curso que iba a tomar y que les maravillaría, tanto a él como a su pequeño universo.

---

[11]   Cuevas o lugares subterráneos.

Fue en los últimos días de primavera en que regresó a su casa sintiéndose extraordinariamente cansado. Le recibió una atmófera tensa, llena de expectación, pero él no lo advirtió. Fue comiendo en silencio, masticando mecánicamente lo que le servían. Los niños lanzaban exclamaciones de gozo y chasqueaban la lengua. Pero Johnny estaba como sordo.

—¿Sabes qué es esto? —indagó su madre al fin, casi desesperada.

Johnny miró sin expresión el plato y luego, volvió hacia ella la vista, también sin expresión.

—Islas flotantes —declaró su madre triunfalmente.

—Ah —se limitó a responder.

—¡Islas flotantes! —repitieron los niños a coro.

—Ah —volvió a decir Johnny. Al cabo de un par de cucharadas añadió—: No tengo hambre.

Dejó el cubierto, apartó la silla y se puso en pie.

—Voy a acostarme.

Al salir de la cocina, arrastraba los pies, como si le pesaran más que de costumbre. Le resultó imposible desnudarse, igual que si se tratase de una titánica [12] tarea, superior a su fuerza, y lloró quedamente, mientras se tendía en la cama, con un zapato puesto. Se daba cuenta de que le mareaba algo que iba creciendo e hinchándose en el interior de su cabeza. Sentía como si sus flacos dedos fuesen del tamaño de las muñecas, mientras que en las puntas tenía una extraña sensación, muy similar a la de su mente. La espalda le dolía mucho. Todos los huesos le dolían. Sentía dolor en todas partes. Y en el interior de su cabeza comenzaban a batir, persistentemente, millones de telares. El universo se llenó de

---

[12] Gigantesca. La palabra «titánico» proviene de los titanes que eran gigantes de la mitología.

lanzaderas [13]. Se movían de continuo, entrelazándose, en medio de las estrellas. Debía atender, él solo, más de mil telares que iban aumentando de velocidad, más y más deprisa, mientras su cerebro se desenrollaba, más y más deprisa, convirtiéndose en el hilo que alimentaba las máquinas.

Al día siguiente, no fue a trabajar. Estaba demasiado ocupado cuidando de los mil telares que le batían en el interior del cráneo. Su madre se marchó a la fábrica, pero antes avisó al médico. Éste declaró que se trataba de un fuerte ataque de gripe. Jenny hizo las veces de enfermera, encargándose de cumplir sus instrucciones.

El ataque era muy fuerte y pasó una semana antes de que Johnny pudiese vestirse y andar débilmente por la habitación. Al cabo de otra semana, anunció el médico, se encontraría repuesto para reincorporarse al trabajo. El encargado de la sala de telares vino a verle el domingo, el primer día de su convalecencia. Informó a su madre que era el mejor operario de su sección. Le guardarían el empleo. Podía presentarse el lunes de la otra semana.

—¿Por qué no le das las gracias, Johnny? —indagó su madre inquieta.

—Con la enfermedad ya no es lo mismo —explicó luego, a modo de excusa al visitante.

Johnny estaba sentado, con los hombros caídos y la vista fija en el suelo. Siguió con idéntica postura después de marcharse el capataz. Fuera, hacía calor y pasó la tarde junto a la puerta. A veces movía los labios.

Al día siguiente, cuando el sol comenzó a calentar, se sentó de nuevo a la puerta. Esta vez se había provisto de papel y de lápiz, con los que seguir sus cálculos, y se mantuvo muy atareado.

---

[13]   En los telares, utensilio en donde va colocado el carrete del hilo.

—¿Qué viene después de millones? —le preguntó a Will al mediodía, cuando éste regresó de la escuela—. ¿Cómo se escriben?

Concluyó su trabajo aquella tarde. En los días que siguieron, volvió a su puesto, junto a la puerta, aunque sin lápiz ni papel. Le interesaba mucho el único árbol que se alzaba en la calle. Lo estuvo contemplando durante varias horas y parecía intrigarle el modo como el viento agitaba las ramas y movía las hojas. Durante toda la semana continuó encerrado en sí mismo. El domingo, siempre sentado a la puerta, rió en voz alta varias veces, perturbando a su madre que hacía años que no le oía reír.

A la mañana siguiente, su madre se acercó a la cama, para despertarle. Johnny había dormido toda la semana, por lo que abrió los ojos enseguida. Esta vez no protestó, ni tampoco se sujetó las mantas cuando le destaparon. Siguió tendido en silencio hasta que, al fin, dijo con toda calma:

—No hay solución, madre.

—Llegarás tarde —le dijo ella, convencida de que seguía aturdido por el sueño.

—Estoy despierto y te digo que no hay solución. Más vale que me dejes en paz. No voy a levantarme.

—¡Perderás tu empleo! —le advirtió ella.

—No voy a levantarme —replicó Johnny con voz extrañamente desapasionada.

Tampoco ella fue a trabajar. Le parecía encontrarse ante una enfermedad desconocida. Podía comprender que se delirase si se tenía fiebre. Pero esto sólo podía obedecer a la locura.

Volvió a cubrirle con las mantas y envió a Jenny en busca del médico.

Cuando éste llegó, Johnny dormía plácidamente y plácidamente se despertó, permitiendo que le tomasen el pulso.

—No le ocurre nada —dijo el doctor—. Sólo está muy débil. No tiene mucha carne sobre todos esos huesos.

—Siempre ha sido igual —indicó ella.

—Bueno, madre, vete y déjame dormir.

Johnny hablaba tranquila y amablemente, y tranquila y amablemente dio la vuelta para dormirse de nuevo.

A las diez, se despertó, vistiéndose sin prisas. Se encaminó a la cocina, donde encontró a su madre, con expresión asustada en el rostro.

—Me voy —explicó—. He venido a despedirme.

Ella se cubrió la cara con el delantal, dejándose caer en una silla, tras lo que comenzó a llorar. Él aguardó pacientemente.

—Debí comprenderlo —comentó ella entre sollozos—. ¿A dónde vas? —preguntó luego, apartando el delantal de la cara para mirarle, con aire dolorido, pero en el que había escasa curiosidad.

—No lo sé; a cualquier sitio.

Mientras hablaba, a Johnny le vino a la memoria el árbol de la calle, con todo su esplendor. Parecía brotarle en las mismas pupilas, de modo que podía verlo en cualquier parte.

—¿Y tu empleo? —le preguntó ella nuevamente.

—Nunca más volveré a trabajar.

—¡Dios mío, Johnny, no digas eso! —se dolió su madre.

Lo que acababa de oír le resultaba una blasfemia. Se sentía tan horrorizada como cualquier madre que oye a su hijo negar a Dios.

—¿Qué se te ha metido en la cabeza? —indagó con un débil intento de oponerse.

—Números —le respondió—. Números solamente. He hecho algunos cálculos durante esta semana y es muy extraño.

—No veo qué puede importar —sollozó ella.

Johnny sonrió, con paciencia, y su madre se dio cuenta de que la alteraba que no se mostrase irritado ni furioso.

—Te lo explicaré —le dijo—. Estoy muy cansado. ¿Qué es lo que me fatiga tanto? Moverme. No he hecho otra cosa que moverme desde que nací. Me siento harto y no pienso hacerlo más. ¿Te acuerdas de cuando trabajaba en el horno de vidrio? Llegué a hacer trescientas docenas en un solo día. En diez, trescientos sesenta mil movimientos. En un mes, un millón ochenta mil movimientos. Suprimamos los ochenta mil —dijo con el generoso desinterés de un filántropo— y tenemos un millón mensual, lo que representa doce al año. Y, en los telares, hay que contar el doble. Esto hace veinticinco millones al año y me da la sensación de que llevo así un millón de años. Esta semana, por el contrario, no he hecho más que descansar, durante horas y horas. Fue estupendo poder sentarme sin hacer absolutamente nada. Antes, nunca había sido feliz. No me quedaba tiempo, siempre tan atareado. De este modo no se puede ser feliz. Y no pienso volver a aquella vida. Me limitaré a sentarme y a descansar, a descansar y a sentarme y, luego, descansaré un poco más.

—¿Qué va a ser de Will y de los niños? —indagó ella desesperada.

—Sí, eso, Will y los niños —repitió Johnny.

Pero no había amargura en su voz. Conocía desde hacía tiempo las ambiciones de su madre con respecto al hermano menor, pero esto ya no le alteraba. Nada podía ya importarle. Ni siquiera eso.

—Sé lo que planeabas para Will, que siguiera en el colegio y se hiciese tenedor de libros [14]. Pero es inútil porque me rindo. Tendrá que trabajar.

---

[14]   Tenedor de libros: contable. Empleado que lleva la contabilidad de un comercio.

—Después del modo como te he criado —dijo ella llorando y disponiéndose a cubrirse de nuevo la cara con el delantal, a modo de nueva táctica.

—No me criaste —le respondió Johnny con triste amabilidad—. Me crié yo solo y, además, crié a Will. Ahora, es más alto, más pesado y más grande que yo. Supongo que de pequeño no comí lo suficiente. Cuando él nació, aunque yo era solo un niño, tuve que ganar sus alimentos. Pero eso se acabó. Will puede ponerse a trabajar o irse al diablo, por lo que a mí respecta. Me voy. ¿No vas a despedirte de mí?

Ella no le contestó. Se había cubierto la cabeza con el delantal y lloraba. Johnny se detuvo un instante en la puerta.

—Lo hice lo mejor que supe —gemía su madre.

Salió de la casa y avanzó por la calle. Al ver el árbol solitario, se le iluminó la cara de satisfacción.

—No voy a hacer nada —se dijo en voz alta y en tono de júbilo.

Alzó la mirada hacia el cielo, pero el brillante sol le desorientó, cegándole.

Anduvo mucho, pero sin prisas. Fue a pasar ante la fábrica. El batir de los telares llegaba hasta allí fuera y, al oírlo, Johnny sonrió. Era una sonrisa amable y plácida. No odiaba a nadie, ni siquiera a aquellas máquinas. Ya no sentía amargura, nada en absoluto, excepto un gran deseo de descansar.

Las casas y las fábricas se fueron espaciando y aumentaron los solares libres, conforme se acercaba al campo. Al fin, la ciudad quedó atrás y avanzó por un sendero bordeado de árboles, junto a la vía del ferrocarril. No andaba como un hombre. Tampoco parecía un hombre. Era la caricatura de un ser humano. Constituía un átomo de vida, anónimo, torcido y deslumbrado, que se movía igual que un gorila enfermo, con los brazos colgando, inclinados los hombros, hundido el pecho, grotesco y terrible.

Pasó junto a una pequeña estación y se tendió en la hierba, bajo un árbol. Allí permaneció toda la tarde.

A veces, se adormilaba, mientras los músculos se le contraían en el sueño. Al despertarse, seguía inmóvil, contemplando los pájaros o mirando el cielo a través de las ramas del árbol. En una o dos ocasiones, rió en voz alta, pero sin relación con nada que hubiese visto o sentido.

Después del crepúsculo, con las primeras sombras de la noche, un tren de mercancías se detuvo en la estación. Mientras cambiaban unos vagones, para dejarlos en vía muerta, Johnny se deslizó a lo largo del convoy. Abrió la puerta de uno de ellos y, con dificultades, se encaramó para entrar. Luego, cerró la puerta. La máquina silbó. Johnny estaba acostado y en la oscuridad sonreía.

EL FUTURO DESEADO

LA CAMARONA

Emilia Pardo Bazán (La Coruña, 1851 – Madrid, 1921). Nació en el seno de una familia de la nobleza gallega, y desde muy pronto manifestó su vocación literaria. Residió en Madrid la mayor parte de su vida, donde se dio a conocer con sus artículos sobre el naturalismo francés, recogidos en el libro *La cuestión palpitante* (1882-83). Visitó Europa, pronunció conferencias en París y participó activamente en la vida cultural de su tiempo. Fue la primera mujer que ingresó en el Ateneo y la primera profesora en la Universidad Central de Madrid. Alfonso XIII le concedió el título de condesa por sus méritos artísticos. Fue periodista, autora de cuentos, novelas y obras de crítica literaria. Su estilo refleja un temperamento fuerte y una gran capacidad de observación. Sus novelas más importantes: *Los Pazos de Ulloa* (1886) y *La madre naturaleza* (1887). Sus *Cuentos Completos* reúnen más de cuatrocientos relatos.

Este relato forma parte de la antología titulada *Las setas y otros cuentos,* publicada por la editorial Montena en 1988.

Blandos marinistas de salón, que sobresalís en los «cuatro toques [1]» figurando una lancha con las velas desplegadas, o un vuelo de gaviotas de blanco de zinc sobre un firmamento de cobalto; y vosotros, platónicos [2] aficionados al *sport* náutico, los que pretendéis coger truchas a bragas enjutas [3]... no contempléis el borrón que voy a trazar, porque de antemano os anuncio que huele a marea viva y a yodo, como las recias cintas [4] y los gruesos *marmilos* de la costa cantábrica.

¿Dónde nació la Camarona? En el mar, lo mismo que Anfítrite [5]... pero no de sus cándidas espumas, como la diosa griega, sino de su agua verdosa y su arena rubia. La pareja de pescadores que trajo al mundo a la Camarona habitaba una casuca fundada sobre peñascos, y en las noches de invierno el oleaje subía a salpicar e impregnar de salitre la madera de su desvencijada cancilla. Un día, en la playa, mientras ayudaba a sacar el cedazo [6], la esposa sintió dolo-

---

[1] Cuatro toques: posiblemente se refiere a que esperan a los últimos toques de campana para salir. Poco madrugadores.

[2] Idealistas, que ignoran la realidad.

[3] A bragas enjutas: con las bragas secas, es decir, sin trabajo ni esfuerzo.

[4] Tablones que refuerzan el exterior de los barcos.

[5] Esposa de Poseidón, el dios del mar en la mitología griega.

[6] Red de pesca grande.

res; era imprudencia que tan adelantada en meses se pusiese a jalar[7] del arte[8]; pero ¡qué quieren ustedes!, esas delicadezas son buenas para las señoronas, o para las mujeres de los tenderos, que se pasan todo el día varadas[9] en una silla, y así echan mantecas y parecen urcas[10]. La pescadora, sin tiempo a más, allí mismo en el arenal, entre sardinas y cangrejos, salió de su apuro, y vino al mundo una niña como una flor, a quien su padre lavó acto continuo en la charca grande, envolviéndola en un cacho de vela vieja. Pocos días después, al cristianar el señor cura a la recién nacida, el padre refunfuñó: «Sal no era menester ponérsela, que bastante tiene en el cuerpo».

Los juguetes de la niña fueron *navajas*[11], almejas y *berberechos,* desenterrados en el arenal cuando se retiraba la marea; su biberón para el destete, la amarga *salsa;* su mayor recreo, que la permitiesen agazaparse en el fondo de la lancha cuando salía a la pesca del *múgil*[12] o a levantar los *palangres*[13] que sujetan al congrio. A la escuela, ni intentaron llevarla, ni ella iría sino entre civiles; a la iglesia sí que solía asistir, porque la gente pescadora ve tan a menudo cerca la muerte, que se acuerda mucho de Dios y le siente mejor que los labriegos y que los señores. Si los padres de la Camarona rezaban atropellado y mal, creían bien, y la chiquilla antes se deja quitar un ojo que el escapulario mugriento de Nuestra Señora de la Pastoriza.

---

[7] Tirar.

[8] En la pesca, aparejo, forma de pescar (redes, sedal, caña...).

[9] Quietas, sin movimiento.

[10] Orcas.

[11] Moluscos con dos conchas largas y estrechas.

[12] Pez, mújol.

[13] Arte de pesca formado por un cordel largo del que arrancan otros que sostienen anzuelos en sus extremos.

   ¿Que quién la puso el apodo de la Camarona? No se sabe.
Tal vez la llamaron así porque a los siete años vendía *pajes* [14]
de camarones, mientras su madre despachaba pesca de más
valor; tal vez porque era bien hecha, firme, y colorada como
estos diminutos crustáceos (después de cocidos; no se figure
ningún malicioso que considero al camarón, si no el carde-
nal, *el monaguillo de los mares*). Lo cierto es que Camarona
fue para todo el mundo, y su verdadero nombre de Andrea,
testimonio de la devoción que a San Andrés profesan los ma-
rineros, cayó tan en desuso, que no lo recordaba ella misma.
   A los quince años, la Camarona no quería salir de la lancha, donde ayudaba a su padre y hermanos en la ruda faena.
Los hermanos, celosillos y burlones, la desviaban, la querían
avergonzar. «Tú, a remendar las redes, papulita [15]», decían,
intentando imponerse por la fuerza. «Eso vosotros, mariqui-
llas», respondía ella, autorizando con un soberano remo-
quete [16] su alarde de desprecio. Y agachaban la cabeza, porque la Camarona era, ya que no más forzuda, más arriscada [17]
y batalladora. Cuando otras hijas de pescadores se metían
con ella, mofándose porque salía a la mar y remaba y cargaba
las velas y agarraba la caña del timón, la Camarona sabía en-
señar a aquellas mocosas cuántas son cinco... y a qué saben
cinco dedos de una robusta mano, ya encallecida, aplicados
con bríos a las frescas carnazas de una mona insolente...
   Vinieron las quintas [18] y se llevaron a dos hijos del pescador; casose otro, y por intrigas de su mujer riñó con los padres, y ahí tenéis cómo la Camarona quedó sola para remar,

---

[14]   En gallego, cestos.
[15]   En gallego, amapolita.
[16]   Puñetazo.
[17]   De carácter fuerte, indomable.
[18]   Se refiere al servicio militar, «la mili».

ayudando al patrón, ya viejo, en la lancha desbaratada por los golpetazos y las *crujías* [19] Hubo que contratar a un marinero, dándole parte en lances [20] y ganancias... y el mozo, que se llamaba Tomás, empezó a suspirar profundo cada vez que miraba a la Camarona inclinada hacia el remo y enarcando el brazo para pujar firme.

Hay que advertir que la Camarona era entonces un soberbio pedazo de chica. Imaginadla ¡oh pintores! con su cesta de sardinas en equilibrio sobre la cabeza; su saya corta de bayeta verde, que en las caderas forma un rollo; sus ágiles y rectas piernas desnudas; su gran boca bermeja, como una herida en un coral; sus dientes blancos y lisos a manera de guijas [21] que las olas rodaron; sus negros ojos pestañudos, francos, luminosos; su tez de ágata bruñida por el sol y la brisa de los mares. La salud y la fuerza rebrillaban en sus facciones y se delataban a cada movimiento de su duro cuerpo virginal. Así es que no era únicamente Tomás el marinero quien por ella suspiraba. También la perseguía Camilito, hijo mayor de la fomentadora, dueña de la fábrica de conservas. Cada vez que la Camarona iba a llevar a la fábrica un cesto de calamares, salía el mozalbete a recibirla, y arrinconándola en una esquina del cobertizo donde se depositaba la pesca, la decía vehementes palabras, la echaba flores, la ofrecía regalos y dinero, sin obtener más que risas y rabotadas [22], cuando no algún soplamocos que le dejaba perdido de escama de sardina.

Un día, la madre de la Camarona llamó a su hija y la dijo con misterio:

---

[19]   Corrientes.
[20]   Lance: acción de echar la red para pescar.
[21]   Guijarros.
[22]   Expresión o contestación brusca, insolente o grosera.

—Se nos ha entrado la fortuna por las puertas, rapaza.

—¿Pues qué hay? —contestó ella desdeñosamente.

—Que te quiere don Camiliño.

—Para hacer burla de mí.

—No, panfilona... Para se casar.

—Pues dígale que no tengo ganas. ¡Ahora, eso! Camarona nací y Camarona he de morir. Otras que la echen de señoras. A mí, si me hacen fondear en una sala, a los dos meses me entierran.

—Dice que te pondrá coche, animala, bruta —gritó enfurecida la madre.

—Mientras no me ponga un barco... —replicó impávida la Camarona, ignorando que al expresar este deseo se conformaba a los últimos decretos de la moda y del lujo: el *yacht* propio.

Tanto persiguieron y apretaron los codiciosos padres a la Camarona para que aceptase la suerte y las riquezas de don Camilito, que la moza, incapaz de resignarse, adoptó un recurso heroico. Ella misma se explicó con el encogido de Tomás, que no la gustaba ni pizca, pero que al fin era cosa de mar, un pescador como ella, empapado en agua salobre y curtido por el aire marino, que trae en sus ondas vida y vigor. Y se casaron, y la pareja de gaviotas se pasa el día en la lancha, contenta, porque al ave le gusta su pobre nido. El hijo que lleva en sus entrañas la Camarona, no nacerá en el arenal como nació su madre, sino a bordo.

EL VENDEDOR DE SOMBRAS

Cristina Fernández Cubas (Arenys de Mar, Maresme, Catalunya, 1945). Se ha dedicado al periodismo y a la literatura. En 1970 se dio a conocer con la colección de cuentos *A mi hermana Elba*, donde consiguió crear atmósferas misteriosas en medio de situaciones de apariencia normal, sugiriendo la existencia de «otra realidad» escondida, que atrapaba al lector. Otros relatos se incluyen en distintas antologías como *El vendedor de sombras*, incluido en *Cuentos de sombras* (1989). Es también autora de las novelas *El año de gracia* (1985) y *El columpio* (1995).

El vendedor de sombras forma parte de la colección de relatos *Cuentos de sombras*, publicado por la editorial Siruela en 1989.

Esta historia sucedió en el zoco de Tetuán hace ya algunos años, demasiados para que podamos hallar hoy a sus protagonistas, no tantos para que yo no pueda recordarla y contarla ahora como lo estoy haciendo.

Sucedió en una callejuela empedrada, de casas sencillas y muros encalados, en la que hombres y mujeres vendían especias, perfumes, tejidos de vistosos colores o remedios contra cualquier dolencia del mundo, mientras los ancianos sorbían té con hierbabuena y apuraban unas enormes pipas de agua. Al caer la tarde los tenderetes desaparecían y los niños aprovechaban para corretear arriba y abajo, jugar al balón y fantasear sobre lo que iban a ser el día de mañana: comerciantes y artesanos como sus padres o guerreros y héroes como en los cuentos.

Al final de la calle se alzaba la morada de Ahmed Hassanín, el mejor carpintero del zoco [1], un hombre que poseía el don de realizar los más delicados trabajos sobre las más modestas maderas. A Ahmed Hassanín le hubiera gustado que alguno de sus tres hijos le sucediera en el negocio cuando ya sus manos no pudieran moverse con agilidad y los años empezaran a amontonarse sobre sus espaldas. Pero ninguno de los tres hijos parecía estar en condiciones de

---

[1] Plaza de mercado.

complacerle. Ben, el mayor, poseía una respetable joroba y andaba siempre encorvado, sin poder apartar los ojos del suelo. A Salim, el segundo, le ocurría justamente lo contrario. Tenía el cogote pegado a la espalda y caminaba siempre hacia atrás, con la mirada perdida en el cielo. Alí, el pequeño, no miraba hacia arriba ni hacia abajo sino hacia adentro. Es decir, se hallaba tan embebido en sus propios pensamientos que no parecían importarle ni las piedras que pisaba ni las estrellas del firmamento.

Como Ahmed era un hombre prudente y práctico decidió olvidarse de sus proyectos y sacar partido de las peculiaridades de sus hijos. A Ben, el jorobado, le puso de aprendiz en el taller de un zapatero remendón. A Salim, que conocía el cielo como su hermano la tierra, le rodeó de preceptores y sabios que muy pronto harían de él un competente astrólogo. Cuando le llegó el turno a Alí, el semblante del anciano palideció. Pero el pequeño, comprendiendo la desazón de su padre, le tranquilizó con esas palabras: «Dame tiempo, y me convertiré en el más reputado comerciante de Tetuán».

Muy sorprendido, Ahmed Hassanín optó por dar crédito a las promesas de su hijo y siguió, como de costumbre, aserrando maderas, lijándolas, puliéndolas y componiendo las más caprichosas formas. Construyó una mesa que semejaba la hoja de la higuera, un armario que reproducía el movimiento de las palmas bajo la brisa, un cofre, en fin, que recogía todo el resplandor de la luna sobre el minarete de una hermosa mezquita. Pero los días y los meses iban sucediéndose y mientras Ben, el jorobado, se convertía en un experto remendón y el nombre de Salim era reclamado desde Fez, Rabat y otras ciudades del Reino, Alí no daba muestras de poseer inclinación alguna hacia el trabajo. Fue así como el anciano dejó de concebir esperanzas sobre el me-

nor de sus hijos y se dedicó a comentar en el café los éxitos
de Ben con sus babuchas [2] y la fama de Salim con sus estrellas. Pasaron los años, y un buen día, cuando ya los cabellos
blancos recubrían gran parte de su barba, el viejo Ahmed
encontró de nuevo motivos de asombro. Alí se presentó
ante él y, con una voz ciertamente grave para un mancebo
de su edad, le dijo: «Padre mío, mucha paciencia has de-
mostrado al permitirme no desempeñar oficio durante tanto
tiempo. Ahora me corresponde a mí enseñarte el fruto de mis
horas de meditación y recogimiento». Y, tomándole de la
mano, le condujo calle abajo, le hizo cruzar una plazuela,
calmaron su sed junto a una fuente y se detuvieron por fin
ante la puerta de una casa en extremo ruinosa y sombría.
Alí traspasó el umbral con desenvoltura e indicó a su padre
que le siguiera. Se hallaban ahora en un patio descubierto
al que, sin embargo, no llegaban los rayos del sol y en el
que se respiraba una agradable brisa. La oscuridad se adue-
ñaba de gran parte del recinto y el anciano Ahmed tuvo que
hacer un considerable esfuerzo para distinguir en la penum-
bra el único objeto que se ofrecía ante su fatigada vista. Era
una mesa de cedro de grandes dimensiones, muy similar a
los mostradores empleados en las tiendas de paños, sólo
que, en la superficie, no aparecían tejidos ni género alguno.
«He aquí mi establecimiento», dijo Alí con orgullo. Pero el
anciano, creyendo que su hijo se había vuelto rematada-
mente loco, se sentó en el suelo y, sin disimular su congoja,
cubrió su rostro con las manos.

No habrían transcurrido unos segundos cuando la herrum-
brosa [3] puerta se abrió con cautela y apareció a contraluz la

---

[2] Zapatillas sin talón, típicas entre los magrebíes.
[3] Oxidada, con herrumbre.

silueta de un hombre viejo y encorvado. Llevaba algo envuelto en un hatillo y miraba a derecha e izquierda, como si temiera chocar con un inesperado obstáculo o perder pie sobre el desconocido suelo. Cuando dio con el mostrador vacío suspiró aliviado. «¿Vienes a vender o a comprar, hermano?», preguntó Alí desde el fondo del patio. «A vender», repuso el anciano, «y... también a comprar». Y, acto seguido, liberó su misteriosa mercancía de los andrajos que la ocultaban. Al punto la oscuridad se hizo aún más densa. «No puedo darte mucho por esto», murmuró Alí meneando la cabeza. «Lo sé», dijo el viejecillo con un hilo de voz, «ni pretendo gran cosa a cambio. Pero me gustaría vivir los pocos años que me quedan con tranquilidad de espíritu». Alí descolgó algo que pendía de una de las paredes y, al momento, se filtró un rayo de luz. «Toma, venerable anciano», dijo al fin, «tus palabras me bastan». Y el viejo salió brincando como un cervatillo.

Muy admirado se hallaba Ahmed Hassanín ante las extrañas transacciones que acababa de presenciar, pero admirose todavía más cuando, al rato, entró en el insólito comercio un joven de porte distinguido y ropajes de calidad y precio, quien, dirigiéndose con paso firme al centro del patio, aporreó el mostrador con insolente arrogancia. «Aquí estoy», contestó Alí, «¿en qué puedo servirte?». «Vengo a vender», anunció el recién llegado y, sacando una tijera de uno de los bolsillos de la chilaba, se inclinó y empezó a recortar algo que Ahmed, desde el otro extremo, no podía distinguir con claridad, «¿Sabes lo que vas a hacer?», le previno Alí. El joven no se molestó en contestar. Acababa de infligir el último tijeretazo al objeto de su venta y ahora una apuesta silueta se erguía ufana sobre la mesa de cedro. «A cambio», dijo el joven, «sólo aceptaré dinero». Alí sacó un fajo de billetes de una bolsa y lo tendió al desconocido al tiempo que de su boca surgían un montón de palabras rebosantes de desprecio. «Haces bien, desgraciado», dijo, «dentro de muy poco tu figura no valdría un solo *dirham*[4]».

Y la puerta siguió abriéndose y cerrándose y, a lo largo de la tarde, desfilaron por el umbrío patio decenas de personas de las más variadas edades y cunas. Unos acudían a vender. Otros a comprar. Muchos salían con el gesto relajado y feliz. Algunos, con la perversa expresión de quien troca parte de su vida por un puñado de monedas.

Era tanta la emoción de Ahmed que no se atrevió a pronunciar palabra ni a moverse siquiera del rincón en el que se había sentado. Luego, cuando Alí cerró el establecimiento y de nuevo se hallaron padre e hijo bajo la luz, aquél sólo acertó a preguntar:

—¿Es esto un intercambio de vanidades, hijo?

—Mucho más —repuso el joven Alí—. Es simplemente un comercio de sombras.

Durante algún tiempo el honrado carpintero descuidó sus labores y empeñó sus días en pasear por el zoco. Saludaba a artesanos y colegas, contemplaba cómo los sastres cortaban sus piezas, cómo los tintoreros mezclaban sus colores, cómo los tejedores manejaban sus telares. Vio así algunos pequeños efectos que le dejaron suspenso. Un día fue un mendigo, astroso y harapiento, cuya sombra, sin embargo, reunía todo el esplendor de un sultán de leyenda. Al otro, una humilde vivienda que se proyectaba sobre el empedrado con arcos y cúpulas de palacios de ensueño. Vio también un *cadí*[5] por todos respetado, pero nada halló sobre el camino que pudiera recordarle la dignidad de su apostura.

---

[4]   Moneda marroquí.
[5]   Arabismo, juez entre los turcos y los árabes.

Y por mucho que aguardó frente a la casa de una familia principal, desde el alba hasta el crepúsculo, sólo acertó a vislumbrar, entre las higueras del magnífico jardín, unos débiles trazos que evocaban apenas la sencilla estructura de la más deleznable de las chozas. Caído de bruces, Ahmed Hassanín elevó a los cielos la siguiente plegaria: «Gracias, Dios clemente y misericordioso, porque, sin merecérmelo, me has dado tres hijos: un artesano, un hombre de ciencia y, sobre todo, un sabio».

Y ciertamente, si uno deambulaba con tranquilidad por el intrincado laberinto del zoco, podía hacerse con mil y un motivos de admiración. Y como la reputación del joven Alí se propagara de forma sorprendente, pronto fueron muchos los que desearon mejorar sus vidas. Y se procuraron nuevas y maravillosas sombras. Y así, día tras día, hacían lo posible por parecerse a la imagen que el pavimento ardiente les devolvía. Ordenaban los cabellos bajo el turbante, cuidaban de sus cuerpos y de sus almas, y aprendieron, antes de respetar a alguien por su aspecto, a mirar bajo sus pies y comprobar si era o no merecedor de sus halagos.

Pero no todos participaron con igual entusiasmo de los nuevos tiempos. Hubo algunos que, avergonzados, se hicieron con cuchillas, jabones y arena, e intentaron, sin conseguirlo, difuminar los contornos de su odiada sombra. Hubo también mujeres de ojos hermosos y olor a jazmín que, desde entonces, no osaron mostrarse en las calles hasta que el último rayo de luz fuera abatido por la Noche.

Pero esto ocurrió hace algún tiempo. Demasiado para que podamos hallar hoy a sus protagonistas. No tanto para que yo no pueda recordarlo y contarlo ahora como acabo de hacerlo.

LA VIOLENCIA

DE BARRO ESTAMOS HECHOS

Isabel Allende (Lima, 1942). Esta escritora chilena de
origen peruano reside actualmente en California (Estados
Unidos). Se formó en el periodismo y se dio a conocer
como novelista en 1982 con *La casa de los espíritus*. Con
esta obra se sitúa en la corriente del realismo mágico, propia de la narrativa hispanoamericana de la segunda mitad del
siglo XX, donde se interrumpen los límites entre realidad y
fantasía, y alcanza un éxito enorme. Otros títulos de su producción narrativa: *De amor y de sombra* (1984), *Cuentos de
Eva Luna* (1990), *Paula* (1992), *Afrodita* (1990), *La hija de
la fortuna* (1999).

De barro estamos hechos forma parte del volumen de relatos *Cuentos
de Eva Luna,* publicado por la editorial Plaza y Janés en 1996.

Descubrieron la cabeza de la niña asomada en el lodazal, con los ojos abiertos, llamando sin voz. Tenía un nombre de Primera Comunión, Azucena. En aquel interminable cementerio, donde el olor de los muertos atraía a los buitres más remotos y donde los llantos de los huérfanos y los lamentos de los heridos llenaban el aire, esa muchacha obstinada en vivir se convirtió en el símbolo de la tragedia. Tanto transmitieron las cámaras la visión insoportable de su cabeza brotando del barro, como una negra calabaza, que nadie se quedó sin conocerla ni nombrarla. Y siempre que la vimos aparecer en la pantalla, atrás estaba Rolf Carlé, quien llegó al lugar atraído por la noticia, sin sospechar que allí encontraría un trozo de su pasado, perdido treinta años atrás.

Primero fue un sollozo subterráneo que remeció[1] los campos de algodón, encrespándolos como una espumosa ola. Los geólogos habían instalado sus máquinas de medir con semanas de anticipación y ya sabían que la montaña había despertado otra vez. Desde hacía mucho pronosticaban que el calor de la erupción podía desprender los hielos eternos de las laderas del volcán, pero nadie hizo caso de esas advertencias, porque sonaban a cuento de viejas. Los pue-

---

[1] Sacudió.

blos del valle continuaron su existencia sordos a los queji-
dos de la tierra, hasta la noche de ese miércoles de noviem-
bre aciago [2], cuando un largo rugido anunció el fin del
mundo y las paredes de nieve se desprendieron, rodando en
un alud de barro, piedras y agua que cayó sobre las aldeas,
sepultándolas bajo metros insondables del vómito telúrico [3].
Apenas lograron sacudirse la parálisis del primer espanto,
los sobrevivientes comprobaron que las casas, las plazas, las
iglesias, las blancas plantaciones de algodón, los sombríos
bosques del café y los potreros [4] de los toros sementales habían desaparecido. Mucho después, cuando llegaron los voluntarios y los soldados a rescatar a los vivos y sacar la
cuenta de la magnitud del cataclismo, calcularon que bajo el
lodo había más de veinte mil seres humanos y un número
impreciso de bestias, pudriéndose en un caldo viscoso.
También habían sido derrotados los bosques y los ríos y no
quedaba a la vista sino un inmenso desierto de barro.

  Cuando llamaron del Canal en la madrugada, Rolf Carlé
y yo estábamos juntos. Salí de la cama aturdida de sueño y
partí a preparar café mientras él se vestía deprisa. Colocó
sus elementos de trabajo en la bolsa de lona verde que
siempre llevaba, y nos despedimos como tantas otras veces.
No tuve ningún presentimiento. Me quedé en la cocina sor-
biendo mi café y planeando las horas sin él, segura de que
el día siguiente estaría de regreso.

  Fue de los primeros en llegar, porque mientras otros periodistas se acercaban a los bordes del pantano en jeeps, en
bicicletas, a pie, abriéndose camino cada uno como mejor
pudo, él contaba con el helicóptero de la televisión y pudo

---

[2] Infeliz, desdichado.
[3] Esta palabra procede del latín *Tellus,* la Tierra.
[4] Americanismo, prados.

volar por encima del alud. En las pantallas aparecieron las escenas captadas por la cámara de su asistente, donde él se veía sumergido hasta las rodillas, con un micrófono en la mano, en medio de un alboroto de niños perdidos, de mutilados, de cadáveres y de ruinas. El relato nos llegó con su voz tranquila. Durante años lo había visto en los noticiarios, escarbando en batallas y catástrofes, sin que nada le detuviera, con una perseverancia temeraria, y siempre me asombró su actitud de calma ante el peligro y el sufrimiento, como si nada lograra sacudir su fortaleza ni desviar su curiosidad. El miedo parecía no rozarlo, pero él me había confesado que no era hombre valiente, ni mucho menos. Creo que el lente de la máquina tenía un efecto extraño en él, como si lo transportara a otro tiempo, desde el cual podía ver los acontecimientos sin participar realmente en ellos. Al conocerlo más comprendí que esa distancia ficticia lo mantenía a salvo de sus propias emociones.

Rolf Carlé estuvo desde el principio junto a Azucena. Filmó a los voluntarios que la descubrieron y a los primeros que intentaron aproximarse a ella, su cámara enfocaba con insistencia a la niña, su cara morena, sus grandes ojos desolados, la maraña compacta de su pelo. En ese lugar el fango era denso y había peligro de hundirse al pisar. Le lanzaron una cuerda, que ella no hizo empeño en agarrar, hasta que le gritaron que la cogiera, entonces sacó una mano y trató de moverse, pero en seguida se sumergió más. Rolf soltó su bolsa y el resto de su equipo y avanzó en el pantano, comentando para el micrófono de su ayudante que hacía frío y que ya comenzaba la pestilencia de los cadáveres.

—¿Cómo te llamas? —le preguntó a la muchacha y ella le respondió con su nombre de flor—. No te muevas, Azucena —le ordenó Rolf Carlé y siguió hablándole sin pensar qué decía, sólo para distraerla, mientras se arrastraba lentamente con el barro hasta la cintura. El aire a su alrededor parecía tan turbio como el lodo.

Por ese lado no era posible acercarse, así es que retrocedió y fue a dar un rodeo por donde el terreno parecía más firme. Cuando al fin estuvo cerca tomó la cuerda y se la amarró bajo los brazos, para que pudieran izarla. Le sonrió con esa sonrisa suya que le achica los ojos y lo devuelve a la infancia, le dijo que todo iba bien, ya estaba con ella, enseguida la sacarían. Les hizo señas a los otros para que halaran, pero apenas se tensó la cuerda la muchacha gritó. Lo intentaron de nuevo y aparecieron sus hombros y sus brazos, pero no pudieron moverla más, estaba atascada. Alguien sugirió que tal vez tenía las piernas comprimidas entre las ruinas de su casa, y ella dijo que no eran sólo escombros, también la sujetaban los cuerpos de sus hermanos, aferrados a ella.

—No te preocupes, vamos a sacarte de aquí —le prometió Rolf. A pesar de las fallas de transmisión, noté que la voz se le quebraba y me sentí tanto más cerca de él por eso. Ella lo miró sin responder.

En las primeras horas Rolf Carlé agotó todos los recursos de su ingenio para rescatarla. Luchó con palos y cuerdas, pero cada tirón era un suplicio intolerable para la prisionera. Se le ocurrió hacer una palanca con unos palos, pero eso no dio resultado y tuvo que abandonar también esa idea. Consiguió un par de soldados que trabajaron con él durante un rato, pero después lo dejaron solo, porque muchas otras víctimas reclamaban ayuda. La muchacha no podía moverse y apenas lograba respirar, pero no parecía desesperada, como si una resignación ancestral le permitiera leer su destino. El periodista, en cambio, estaba decidido a arrebatársela a la muerte. Le llevaron un neumático, que colocó bajo los brazos de ella como un salvavidas, y luego atravesó una tabla cerca del hoyo para apoyarse y así alcanzarla mejor. Como era imposible remover los escombros a ciegas, se sumergió un par de veces para explorar ese infierno, pero salió exasperado, cubierto de lodo, escupiendo piedras. Dedujo que se necesitaba una bomba para extraer el agua y envió a solicitarla por radio, pero volvieron con el mensaje de que no había transporte y no podían enviarla hasta la mañana siguiente.

—¡No podemos esperar tanto! —reclamó Rolf Carlé, pero en aquel zafarrancho nadie se detuvo a compadecerlo. Habrían de pasar todavía muchas horas más antes de que él aceptara que el tiempo se había estancado y que la realidad había sufrido una distorsión irremediable.

Un médico militar se acercó a examinar a los niños y afirmó que su corazón funcionaba bien y que si no se enfriaba demasiado podría resistir esa noche.

—Ten paciencia, Azucena, mañana traerán la bomba —trató de consolarla Rolf Carlé.

—No me dejes sola —le pidió ella.

—No, claro que no.

Les llevaron café y él se lo dio a la muchacha, sorbo a sorbo. E líquido caliente la animó y empezó a hablar de su pequeña vida, de su familia y de la escuela, de cómo era ese pedazo de mundo antes de que reventara el volcán. Tenía trece años y nunca había salido de los límites de su aldea. El periodista, sostenido por un optimismo prematuro, se convenció de que todo terminaría bien, llegaría la bomba, extraerían el agua, quitarían los escombros y Azucena sería trasladada en helicóptero a un hospital, donde se repondría con rapidez y donde él podría visitarla llevándole regalos. Pensó que ya no tenía edad para muñecas y no supo qué le gustaría, tal vez un vestido. No entiendo mucho de mujeres, concluyó divertido, calculando que había tenido muchas en su vida, pero ninguna le había enseñado esos detalles. Para engañar las horas comenzó a contarle sus viajes y sus aventuras de cazador de noticias, y cuando se le agotaron los recuerdos echó mano de la imaginación para inventar cualquier cosa que pudiera distraerla. En algunos momentos ella dormitaba, pero él seguía hablándole en la oscuridad, para demostrarle que no se había ido y para vencer el acoso de la incertidumbre.

Ésa fue una larga noche.

A muchas millas de allí, yo observaba en una pantalla a Rolf Carlé y a la muchacha. No resistí la espera en la casa y me fui a la Televisión Nacional, donde muchas veces pasé noches enteras con él editando programas. Así estuve cerca suyo y pude asomarme a lo que vivió en esos tres días definitivos. Acudí a cuanta gente importante existe en la ciudad, a los senadores de la República, a los generales de las Fuerzas Armadas, al embajador norteamericano y al presidente de la Compañía de Petróleos, rogándoles por una bomba para extraer el barro, pero sólo obtuve vagas promesas. Empecé a pedirla con urgencia por radio y televisión, a ver si alguien podía ayudarnos. Entre llamadas corría al centro de recepción para no perder las imágenes del satélite, que llegaban a cada rato con nuevos detalles de la catástrofe. Mientras los periodistas seleccionaban las escenas de más impacto para el noticiario, yo buscaba aquellas donde aparecía el pozo de Azucena. La pantalla reducía el desastre a un solo plano y acentuaba la tremenda distancia que me separaba de Rolf Carlé, sin embargo yo estaba con él, cada padecimiento de la niña me dolía como a él, sentía su misma frustración, su misma impotencia. Ante la imposibilidad de comunicarme con él, se me ocurrió el recurso fantástico de concentrarme para alcanzarlo con la fuerza del pensamiento y así darle ánimo. Por momentos me aturdía en una frenética e inútil actividad, a ratos me agobiaba la lástima y me echaba a llorar, y otras veces me vencía el cansancio y creía estar mirando por un telescopio la luz de una estrella muerta hace un millón de años.

En el primer noticiario de la mañana vi aquel infierno, donde flotaban cadáveres de hombres y animales arrastrados por las aguas de nuevos ríos, formados en una sola noche por la nieve derretida. Del lodo sobresalían las copas de algunos árboles y el campanario de una iglesia, donde varias personas habían encontrado refugio y esperaban con paciencia a los equipos de rescate. Centenares de soldados y de voluntarios de la Defensa Civil intentaban remover escombros en busca de los sobrevivientes, mientras largas filas de espectros en harapos esperaban su turno para un tazón de caldo. Las cadenas de radio informaron que sus teléfonos estaban congestionados por las llamadas de familias que ofrecían albergue a los niños huérfanos. Escaseaban el agua para beber, la gasolina y los alimentos. Los médicos, resignados a amputar miembros sin anestesia, reclamaban al menos sueros, analgésicos [5] y antibióticos, pero la mayor parte de los caminos estaban interrumpidos y además la burocracia retardaba todo. Entretanto, el barro contaminado por los cadáveres en descomposición amenazaba de peste a los vivos.

Azucena temblaba apoyada en el neumático que la sostenía sobre la superficie. La inmovilidad y la tensión la habían debilitado mucho, pero se mantenía consciente y todavía hablaba con voz perceptible cuando le acercaban un micrófono. Su tono era humilde, como si estuviera pi-

---

[5] Medicamentos que alivian o quitan el dolor.

diendo perdón por causar tantas molestias. Rolf Carlé tenía
la barba crecida y sombras oscuras bajo los ojos, se veía
agotado. Aun a esa enorme distancia pude percibir la calidad de ese cansancio, diferente a todas las fatigas anterio-
res de su vida. Había olvidado por completo la cámara, ya
no podía mirar a la niña a través de un lente. Las imágenes
que nos llegaban no eran de su asistente, sino de otros periodistas que se habían adueñado de Azucena, atribuyén-
dole la patética responsabilidad de encarnar el horror de lo
ocurrido en ese lugar. Desde el amanecer Rolf se esforzó
de nuevo por mover los obstáculos que retenían a la muchacha en esa tumba, pero disponía sólo de sus manos, no
se atrevía a utilizar una herramienta, porque podía herirla.
Le dio a Azucena la taza de papilla de maíz y plátano que
distribuía el Ejército, pero ella lo vomitó de inmediato.
Acudió un médico y comprobó que estaba afiebrada, pero
dijo que no se podía hacer mucho, los antibióticos estaban
reservados para los casos de gangrena. También se acercó
un sacerdote a bendecirla y colgarle al cuello una medalla
de la Virgen. En la tarde empezó a caer una llovizna suave,
persistente.

—El cielo está llorando —murmuró Azucena y se puso a
llorar también.

—No te asustes —le replicó Rolf—. Tienes que reservar
tus fuerzas y mantenerte tranquila, todo saldrá bien, yo estoy contigo y te voy a sacar de aquí de alguna manera.

Volvieron los periodistas para fotografiarla y preguntarle
las mismas cosas que ella ya no intentaba responder. Entretanto llegaban más equipos de televisión y cine, rollos de
cables, cintas, películas, vídeos, lentes de precisión, graba-
doras, consolas de sonido, luces, pantallas de reflejo, bate-
rías y motores, cajas con repuestos, electricistas, técnicos
de sonido y camarógrafos, que enviaron el rostro de Azu-

cena a millones de pantallas de todo el mundo. Y Rolf Carlé continuaba clamando por una bomba. El despliegue de recursos dio resultados y en la Televisión Nacional empezamos a recibir imágenes más claras y sonidos más nítidos, la distancia pareció acortarse de súbito y tuve la sensación atroz de que Azucena y Rolf se encontraban a mi lado, separados de mí por un vidrio irreductible. Pude seguir los acontecimientos hora a hora, supe cuánto hizo mi amigo por arrancar a la niña de su prisión y para ayudarla a soportar su calvario, escuché fragmentos de lo que hablaron y el resto pude adivinarlo, estuve presente cuando ella le enseñó a Rolf a rezar y cuando él la distrajo con los cuentos que yo le he contado en mil y una noches bajo el mosquitero blanco de nuestra cama.

Al caer la oscuridad del segundo día él procuró hacerla dormir con las viejas canciones de Austria aprendidas de su madre, pero ella estaba más allá del sueño. Pasaron gran parte de la noche hablando, los dos extenuados, hambrientos, sacudidos por el frío. Y entonces, poco a poco, se derribaron las firmes compuertas que retuvieron el pasado de Rolf Carlé durante muchos años, y el torrente de cuanto había ocultado en las capas más profundas y secretas de la memoria salió por fin, arrastrando a su paso los obstáculos que por tanto tiempo habían bloqueado su conciencia. No todo pudo decírselo a Azucena, ella tal vez no sabía que había mundo más allá del mar ni tiempo anterior al suyo, era incapaz de imaginar Europa en la época de la guerra, así es que no le contó de la derrota, ni de la tarde en que los rusos lo llevaron al campo de concentración para enterrar a los prisioneros muertos de hambre. ¿Para qué explicarle que los cuerpos desnudos, apilados como una montaña de leños, parecían de loza quebradiza? ¿Cómo hablarle de los hornos y las horcas a esa niña moribunda? Tampoco mencionó la noche en que vio a su madre desnuda, calzada con zapatos rojos de tacones de estilete, llorando de humillación. Muchas cosas se calló, pero en esas horas revivió por primera vez todo aquello que su mente había intentado borrar. Azucena le hizo entrega de su miedo y así, sin quererlo, obligó a Rolf a encontrarse con el suyo. Allí, junto a ese pozo maldito, a Rolf le fue imposible seguir huyendo de sí mismo y el terror visceral que marcó su infancia lo asaltó por sorpresa. Retrocedió a la edad de Azucena y más atrás, y se encontró como ella atrapado en un pozo sin salida, enterrado en vida, la cabeza a ras de suelo, vio junto a su cara las botas y las piernas de su padre, quien se había quitado la correa de la cintura y la agitaba en el aire con un silbido inolvidable de víbora furiosa. El dolor lo invadió, intacto y preciso, como siempre estuvo agazapado en su mente. Volvió al armario donde su padre lo ponía bajo llave para castigarlo por faltas imaginarias y allí estuvo horas eternas con los ojos cerrados para no ver la oscuridad, los oídos tapados con las manos para no oír los latidos de su propio corazón, temblando, encogido como un animal. En la neblina de los recuerdos encontró a su hermana Katharina, una dulce criatura retardada [6] que pasó la existencia escondida con la esperanza de que el padre olvidara la desgracia de su nacimiento. Se arrastró junto a ella bajo la mesa del comedor y allí ocultos tras un largo mantel blanco, los dos niños permanecieron abrazados, atentos a los pasos y a las voces. El olor de Katharina le llegó mezclado con el de su propio sudor, con los aromas de la cocina, ajo, sopa, pan recién horneado y con un hedor extraño de barro podrido. La mano de su hermana en la suya, su jadeo asus-

---

[6]   Retrasada mental.

tado, el roce de su cabello salvaje en las mejillas, la expresión cándida de su mirada. Katharina, Katharina... surgió ante él flotando como una bandera, envuelta en el mantel blanco convertido en mortaja, y pudo por fin llorar su muerte y la culpa de haberla abandonado. Comprendió entonces que sus hazañas de periodista, aquellas que tantos reconocimientos y tanta fama le habían dado, eran sólo un intento de mantener bajo control su miedo más antiguo, mediante la treta de refugiarse detrás de un lente a ver si así la realidad le resultaba más tolerable. Enfrentaba riesgos desmesurados como ejercicio de coraje, entrenándose de día para vencer los monstruos que lo atormentaban de noche. Pero había llegado el instante de la verdad y ya no pudo seguir escapando de su pasado. Él era Azucena, estaba enterrado en el barro, su terror no era la emoción remota de una infancia casi olvidada, era una garra en la garganta. En el sofoco del llanto se le apareció su madre, vestida de gris y con su cartera de piel de cocodrilo apretada contra el regazo, tal como la viera por última vez en el muelle, cuando fue a despedirlo al barco en el cual él se embarcó para América. No venía a secarle las lágrimas, sino a decirle que cogiera una pala, porque la guerra había terminado y ahora debían enterrar a los muertos.

—No llores. Ya no me duele nada, estoy bien —le dijo Azucena al amanecer.

—No lloro por ti, lloro por mí, que me duele todo —sonrió Rolf Carlé.

En el valle del cataclismo comenzó el tercer día con una luz pálida entre nubarrones. El Presidente de la República se trasladó a la zona y apareció en traje de campaña para confirmar que era la peor desgracia de este siglo, el país estaba de duelo, las naciones hermanas habían ofrecido ayuda, se ordenaba estado de sitio, las Fuerzas Armadas serían inclementes, fusilarían sin trámites a quien fuera sorprendido robando o cometiendo otras fechorías. Agregó que era imposible sacar todos los cadáveres ni dar cuenta de los millares de desaparecidos, de modo que el valle completo se declaraba camposanto y los obispos vendrían a celebrar una misa solemne por las almas de las víctimas. Se dirigió a las carpas del Ejército, donde se amontonaban los rescatados, para entregarles el alivio de promesas inciertas, y al improvisado hospital, para dar una palabra de aliento a los médicos y enfermeras, agotados por tantas horas de penurias. Enseguida se hizo conducir al lugar donde estaba Azucena, quien para entonces ya era célebre, porque su imagen había dado la vuelta al planeta. La saludó con su lánguida mano de estadista y los micrófonos registraron su voz conmovida y su acento paternal, cuando le dijo que su valor era un ejemplo para la patria. Rolf Carlé lo interrumpió para pedirle una bomba y él le aseguró que se ocuparía del asunto en persona. Alcancé a ver a Rolf por unos instantes, en cuclillas junto al pozo. En el noticiario de la tarde se encontraba en la misma postura; y yo, asomada a la pantalla como una adivina ante su bola de cristal, percibí que algo fundamental había cambiado en él, adiviné que durante la noche se habían desmoronado sus defensas y se había entregado al dolor, por fin vulnerable. Esa niña tocó una parte de su alma a la cual él mismo no había tenido acceso y que jamás compartió conmigo. Rolf quiso consolarla y fue Azucena quien le dio consuelo a él.

Me di cuenta del momento preciso en que Rolf dejó de luchar y se abandonó al tormento de vigilar la agonía de la muchacha. Yo estuve con ellos, tres días y dos noches, espiándolos al otro lado de la vida. Me encontraba allí cuando ella le dijo que en sus trece años nunca un muchacho la había querido y que era una lástima irse de este mundo sin conocer el amor, y él le aseguró que la amaba más de lo que jamás podría amar a nadie, más que a su madre y a su hermana, más que a todas las mujeres que habían dormido en sus brazos, más que a mí, su compañera, que daría cualquier cosa por estar atrapado en ese pozo en su lugar, que cambiaría su vida por la de ella, y vi cuando se inclinó sobre su pobre cabeza y la besó en la frente, agobiado por un sentimiento dulce y triste que no sabía nombrar. Sentí cómo en ese instante se salvaron ambos de la desesperanza, se desprendieron del lodo, se elevaron por encima de los buitres y de los helicópteros, volaron juntos sobre ese vasto pantano de podredumbre y lamentos. Y finalmente pudieron aceptar la muerte. Rolf Carlé rezó en silencio para que ella se muriera pronto, porque ya no era posible soportar tanto dolor.

Para entonces yo había conseguido una bomba y estaba en contacto con un general dispuesto a enviarla en la madrugada del día siguiente en un avión militar. Pero al anochecer de ese tercer día, bajo las implacables lámparas de cuarzo y los lentes de cien máquinas, Azucena se rindió, su ojos perdidos en los de ese amigo que la había sostenido hasta el final. Rolf Carlé le quitó el salvavidas, le cerró los párpados, la retuvo apretada contra su pecho por unos minutos y después la soltó. Ella se hundió lentamente, una flor en el barro.

Estás de vuelta conmigo, pero ya no eres el mismo hombre. A menudo te acompaño al Canal y vemos de nuevo los vídeos de Azucena, los estudias con atención, buscando algo que pudiste haber hecho para salvarla y no se te ocurrió a tiempo. O tal vez los examinas para verte como en un espejo, desnudo. Tus cámaras están abandonadas en un armario, no escribes ni cantas, te quedas durante horas sentado ante la ventana mirando las montañas. A tu lado, yo espero que completes el viaje hasta el interior de ti mismo y te cures de las viejas heridas. Sé que cuando regreses de tus pesadillas caminaremos otra vez de la mano, como antes.

RÉQUIEM CON TOSTADAS

Mario Benedetti (Paso de los Toros, Uruguay, 1920 – Montevideo, 2009). Escritor uruguayo. Antes de dedicarse a la literatura, realizó muy variados trabajos: taquígrafo, vendedor ambulante, funcionario y periodista, después fue profesor en La Habana y en Montevideo. Tras el golpe militar de 1973, se exilió y vivió muchos años en España. Ha cultivado todos los géneros literarios: el cuento, la novela, el teatro, la poesía, el ensayo, el periodismo. En todos sus escritos destacan la ironía, el compromiso con la justicia, la ternura y la versatilidad para captar voces de personajes muy variados, entre las que sobresalen las infantiles. Obras importantes: *La tregua* (1959), *Primavera con una esquina rota* (1982), *Cuentos*.

Réquiem con tostadas forma parte del volumen *Cuentos*, publicado por Alianza Editorial en 1999.

Sí, me llamo Eduardo. Usted me lo pregunta para entrar de algún modo en conversación, y eso puedo entenderlo. Pero usted hace mucho que me conoce, aunque de lejos. Como yo lo conozco a usted. Desde la época en que empezó a encontrarse con mi madre en el café de Larrañaga y Rivera, o en éste mismo. No crea que los espiaba. Nada de eso. Usted a lo mejor lo piensa, pero es porque no sabe toda la historia. ¿O acaso mamá se la contó? Hace tiempo que yo tenía ganas de hablar con usted, pero no me atrevía. Así que, después de todo, le agradezco que me haya ganado la mano. ¿Y sabe por qué tenía ganas de hablar con usted? Porque tengo la impresión de que usted es un buen tipo. Y mamá también era buena gente. No hablábamos mucho ella y yo. En casa, o reinaba el silencio, o tenía la palabra mi padre. Pero el Viejo hablaba casi exclusivamente cuando venía borracho, o sea casi todas las noches, y entonces más bien gritaba. Los tres le teníamos miedo: mamá, mi hermanita Mirta y yo. Ahora tengo trece años y medio, y aprendí muchas cosas, entre otras que los tipos que gritan y castigan e insultan son en el fondo unos pobres diablos. Pero entonces yo era mucho más chico y no lo sabía. Mirta no lo sabe siquiera ahora, pero ella es tres años menor que yo, y sé que a veces en las noches se despierta llorando. Es el miedo. ¿Usted alguna vez tuvo miedo? A Mirta siempre le parece que el Viejo va a aparecer borracho y que se va a quitar el cinturón para pegarle. Todavía no se ha acostumbrado a la nueva situación. Yo, en cambio, he tratado de acostumbrarme. Usted apareció hace un año y medio, pero el Viejo se emborrachaba desde hace mucho más, y no bien agarró ese vicio nos empezó a pegar a los tres. A Mirta y a mí nos daba con el cinto, duele bastante, pero a mamá la pegaba con el puño cerrado. Porque sí nomás, sin mayor motivo: porque la sopa estaba demasiado caliente, o porque estaba demasiado fría, o porque no lo había esperado despierta hasta las tres de la madrugada, o porque tenía los ojos hinchados de tanto llorar. Después, con el tiempo, mamá dejó de llorar. Yo no sé cómo hacía, pero él le pegaba, ella ni siquiera se mordía los labios, no lloraba, y eso al Viejo le daba todavía más rabia. Ella era consciente de eso, y sin embargo prefería no llorar. Usted conoció a mamá cuando ella ya había aguantado y sufrido mucho, pero sólo cuatro años antes (me acuerdo perfectamente) todavía era muy linda y tenía buenos colores. Además era una mujer fuerte. Algunas noches, cuando por fin el Viejo caía estrepitosamente y de inmediato empezaba a roncar, entre ella y yo lo levantábamos y lo llevábamos hasta la cama. Era pesadísimo, y además aquello era como levantar un muerto. La que hacía casi toda la fuerza era ella. Yo apenas si me encargaba de sostener una pierna, con el pantalón todo embarrado y el zapato marrón con los cordones sueltos. Usted seguramente creerá que el Viejo toda la vida fue un bruto. Pero no. A papá lo destruyó una porquería que le hicieron. Y se la hizo precisamente un primo de mamá, ése que trabaja en el Municipio. Yo no supe nunca en qué consistió la porquería, pero mamá disculpaba en cierto modo los arranques del Viejo porque ella se sentía un poco responsable de que alguien de su propia familia lo hubiera perjudicado en aquella forma. No supe nunca qué clase de porquería le hizo, pero la verdad era que papá, cada vez que se emborra-chaba, se lo reprochaba como si ella fuese la única culpa-ble. Antes de la porquería, nosotros vivíamos muy bien. No en cuanto a plata, porque tanto yo como mi hermana naci-mos en el mismo apartamento (casi un conventillo) junto a Villa Dolores, el sueldo de papá nunca alcanzó para nada, y mamá siempre tuvo que hacer milagros para darnos de co-mer y comprarnos de vez en cuando alguna tricota[1] o algún par de alpargatas. Hubo muchos días en que pasamos ham-bre (si viera qué feo es pasar hambre), pero en esa época por lo menos había paz. El Viejo no se emborrachaba, ni nos pegaba, y a veces hasta nos llevaba a la matinée[2]. Al-gún raro domingo en que había plata[3]. Yo creo que ellos nunca se quisieron demasiado. Eran muy distintos. Aun an-tes de la porquería, cuando papá todavía no tomaba[4], ya era un tipo bastante alunado[5]. A veces se levantaba al mediodía y no le hablaba a nadie, pero por lo menos no nos pegaba ni la insultaba a mamá. Ojalá hubiera seguido así toda la vida. Claro que después vino la porquería y él se derrumbó, y empezó a ir al boliche[6] y a llegar siempre después de me-dianoche, con un olor a grapa[7] que apestaba. En los últimos tiempos todavía era peor, porque también se emborrachaba de día y ni siquiera nos dejaba ese respiro. Estoy seguro de que los vecinos escuchaban todos los gritos, pero nadie decía nada, claro, porque papá es un hombre grandote y le tenían

---

[1]   Americanismo, jersey.
[2]   Galicismo muy utilizado en el español de América, sesión de cine por la mañana.
[3]   Americanismo, dinero.
[4]   Americanismo, bebía alcohol.
[5]   Loco, ido.
[6]   Bolera, bar.
[7]   Aguardiente.

miedo. También yo le tenía miedo, no sólo por mí y por
Mirta, sino especialmente por mamá. A veces yo no iba a la
escuela, no para hacer la rabona[8], sino para quedarme ron-
dando la casa, ya siempre temía que el Viejo llegara durante
el día, más borracho que de costumbre, y la moliera a golpes. Yo no la podía defender, usted ve lo flaco y menudo
que soy, y todavía entonces lo era más, pero quería estar
cerca para avisar a la policía. ¿Usted se enteró de que ni
papá ni mamá eran de ese ambiente? Mis abuelos de uno y
otro lado, no diré que tienen plata, pero por lo menos viven
en lugares decentes, con balcones a la calle y cuartos de
baño con bidet y bañera. Después que pasó todo, Mirta se
fue a vivir con mi abuela Juana, la madre de papá, y yo estoy por ahora en casa de mi abuela Blanca, la madre de
mamá. Ahora casi se pelearon por recogernos, pero cuando
papá y mamá se casaron, ellas se habían opuesto a ese ma-
trimonio (ahora pienso que a lo mejor tenían razón) y corta-
ron las relaciones con nosotros. Digo nosotros, porque papá
y mamá se casaron cuando yo ya tenía seis meses. Eso me
lo contaron una vez en la escuela, y yo le reventé la nariz al
Beto, pero cuando se lo pregunté a mamá, ella me dijo que
era cierto. Bueno, yo tenía ganas de hablar con usted, porque (no sé qué cara va a poner) usted fue importante para
mí, sencillamente porque fue importante para mamá. Yo la
quise bastante, como es natural, pero creo que nunca pude
decírselo. Teníamos siempre tanto miedo, que no nos quedaba tiempo para mimos. Sin embargo, cuando ella no me
veía, yo la miraba y sentía no sé qué, algo así como una
emoción que no era lástima, sino una mezcla de cariño y
también de rabia por verla todavía joven y tan acabada, tan

---

[8]   Hacer la rabona: hacer pellas.

agobiada por una culpa que no era la suya, y por un castigo que no se merecía. Usted a lo mejor se dio cuenta, pero yo le aseguro que mi madre era inteligente, por cierto bastante más que mi padre, creo, y eso era para mí lo peor: saber que ella veía esa vida horrible con los ojos bien abiertos, porque ni la miseria ni los golpes ni siquiera el hambre consiguieron nunca embrutecerla. La ponían triste, eso sí. A veces se le formaban unas ojeras casi azules, pero se enojaba cuando yo le preguntaba si le pasaba algo. En realidad, se hacía la enojada. Nunca la vi realmente mala conmigo. Ni con nadie. Pero antes de que usted apareciera, yo había notado que cada vez estaba más deprimida, más apagada, más sola. Tal vez fue por eso que pude notar mejor la diferencia. Además, una noche llegó un poco tarde (aunque siempre mucho antes que papá) y me miró de una manera distinta, tan distinta que me di cuenta de que algo sucedía. Como si por primera vez se enterara de que yo era capaz de comprenderla. Me abrazó fuerte, como con vergüenza, y después me sonrió. ¿Usted se acuerda de su sonrisa? Yo sí me acuerdo. A mí me preocupó tanto ese cambio, que falté dos o tres veces al trabajo (en los últimos tiempos hacía el reparto de un almacén) para seguirla y saber de qué se trataba. Fue entonces que los vi. A usted y a ella. Yo también me quedé contento. La gente puede pensar que soy un desalmado, y quizá no esté bien eso de haberme alegrado porque mi madre engañaba a mi padre. Puede pensarlo. Por eso nunca lo digo. Con usted es distinto. Usted la quería. Y eso para mí fue algo así como una suerte. Porque ella se merecía que la quisieran. Usted la quería, ¿verdad que sí? Yo los vi muchas veces y estoy casi seguro. Claro que al Viejo también trato de comprenderlo. Es difícil, pero trato. Nunca le pude odiar, ¿me entiende? Será porque, pese a lo que hizo, sigue siendo mi padre. Cuando nos pegaba, a Mirta y a mí, o cuando arremetía contra mamá, en medio de mi terror yo sentía lástima. Lástima por él, por ella, por Mirta, por mí. También la siento ahora, ahora que él ha matado a mamá y quién sabe por cuánto tiempo estará preso. Al principio, no quería que yo fuese, pero hace por lo menos un mes que voy a visitarlo a Miguelete y acepta verme. Me resulta extraño verlo al natural, quiero decir sin encontrarlo borracho. Me mira, y la mayoría de las veces no me dice nada. Yo creo que cuando salga, ya no me va a pegar. Además, yo seré un hombre, a lo mejor me habré casado y hasta tendré hijos. Pero a mis hijos no les pegaré, ¿no le parece? Además, estoy seguro de que papá no habría hecho lo que hizo si no hubiese estado tan borracho. ¿O usted cree lo contrario? ¿Usted cree que, de todos modos, hubiera matado a mamá esa tarde en que, por seguirme y castigarme a mí, dio finalmente con ustedes dos? No me parece. Fíjese que a usted no le hizo nada. Sólo más tarde, cuando tomó más grapa que de costumbre, fue que arremetió contra mamá. Yo pienso que, en otras condiciones, él habría comprendido que mamá necesitaba cariño, necesitaba simpatía, y que él en cambio sólo le había dado golpes. Porque mamá era buena. Usted debe saberlo tan bien como yo. Por eso, hace un rato, cuando usted se me acercó y me invitó a tomar un capuchino [9] con tostadas, aquí en el mismo café donde se citaba con ella, yo sentí que tenía que contarle todo esto. A lo mejor usted no lo sabía, o sólo sabía una parte, porque mamá era muy callada y sobre todo no le gustaba hablar de sí misma. Ahora estoy seguro de que hice bien. Porque usted está llorando, y, ya que mamá está muerta, eso es algo así como un premio para ella, que no lloraba nunca.

---

[9]   Café con leche al estilo italiano.

LA MIRADA DE LOS MAYORES

MARI-BELCHA

Pío Baroja (San Sebastián, 1872 – Madrid, 1956). Nació en el seno de una familia acomodada y culta. Estudió medicina y se doctoró con una tesis sobre el dolor, tema clave en su narrativa. Sólo ejerció como médico un año, en Cestona; después vivió en Madrid, donde dirigió una panadería y se dedicó a escribir. Ingresó en la Real Academia en 1935. Se exilió en Francia durante la guerra civil. En 1940 regresó a España, donde siguió escribiendo hasta su muerte. Defendió una novela abierta a todas las posibilidades, y en su riquísima producción cultivó los asuntos más variados. Son inolvidables sus personajes aventureros, en permanente lucha con la vida. Entre sus obras destacan: *Vidas sombrías* (1900), *La busca* (1904), *Zalacaín el aventurero* (1909) y *Las inquietudes de Shanti Andía* (1911).

Mari-Belcha forma parte de la antología titulada *Fantasías vascas,* publicada por la editorial Espasa Calpe dentro de la colección Austral (230) en 1941.

Cuando te quedas sola a la puerta del negro caserío con tu hermanillo en brazos, ¿en qué piensas, Mari-Belcha, al mirar los montes lejanos y el cielo pálido?

Te llaman Mari-Belcha, María la Negra, porque naciste el día de los Reyes, no por otra cosa; te llaman Mari-Belcha, y eres blanca como los corderillos cuando salen del lavadero, y rubia como las mieses doradas del estío...

Cuando voy por delante de tu casa, en mi caballo, te escondes al verme, te ocultas de mí, del médico viejo que fue el primero en recibirte en sus brazos, en aquella mañana fría en que naciste.

¡Si supieras cómo la recuerdo! Esperábamos en la cocina, al lado de la lumbre. Tu abuela, con las lágrimas en los ojos, calentaba las ropas que habías de vestir y miraba al fuego pensativa; tus tíos, los de Aristondo, hablaban del tiempo y de las cosechas; yo iba a ver a tu madre a cada paso, a la alcoba, una alcoba pequeña, de cuyo techo colgaban trenzadas las mazorcas de maíz, y mientras tu madre gemía y el buenazo de José Ramón, tu padre, la cuidaba, yo veía por las ventanas el monte lleno de nieve y las bandadas de tordos que cruzaban el aire.

Por fin, tras de hacernos esperar a todos, viniste al mundo llorando desesperadamente. ¿Por qué lloran los hombres cuando nacen? ¿Será que la nada, de donde llegan, es más dulce que la vida que se les presenta?

Como te decía, te presentaste chillando rabiosamente, y los Reyes, advertidos de tu llegada, pusieron una moneda, un duro, en la gorrita que había de cubrir tu cabeza. Quizá era el mismo que me habían dado en tu casa por asistir a tu madre...

Y ahora te escondes cuando paso, cuando paso con mi viejo caballo. ¡Ah! Pero yo también te miro ocultándome entre los árboles; ¿y sabes por qué? Si te lo dijera, te reirías... Yo, el *medicuzarra*[1], que podría ser tu abuelo; sí, es verdad. Si te lo dijera, te reirías.

¡Me pareces tan hermosa! Dicen que tu cara está morena por el sol, que tu pecho no tiene relieve; quizá sea cierto; pero, en cambio, tus ojos tienen la serenidad de las auroras tranquilas del otoño y tus labios el color de las amapolas, de los amarillos trigales.

Luego, eres buena y cariñosa. Hace unos días, el martes que hubo feria, ¿te acuerdas?, tus padres habían bajado al pueblo y tú paseabas por la heredad con tu hermanillo en brazos.

El chico tenía mal humor, tú querías distraerle y le enseñabas las vacas, la *Gorriya* y la *Beltza*[2], que pastaban la hierba, resoplando con alegría, corriendo pesadamente de un lado a otro, mientras azotaban las piernas con sus largas colas.

Tú le decías al condenado del chico: «Mira a la Gorriya..., a esa tonta..., con esos cuernos...; pregúntale tú, maitía[3]: ¿por qué cierras los ojos, esos ojos tan grandes y tan tontos?... No muevas la cola».

Y la *Gorriya* se acercaba a ti y te miraba con su mirada triste de rumiante, y tendía la cabeza para que acariciaras su rizada testuz.

---

[1]   Médico viejo en vasco.
[2]   Gorria: rojo en vasco; beltza: negro en vasco.
[3]   Hermano en vasco.

Luego te acercabas a la otra vaca, y señalándola con el dedo, decías: «Ésta es la *Beltza*... ¡Hum!... ¡Qué negra..., qué mala!... A ésta no la queremos. A la *Gorriya* sí».

Y el chico repitió contigo: «A la *Gorriya* sí»; pero luego se acordó que tenía mal humor, y empezó a llorar.

Y yo también empecé a llorar no sé por qué. Verdad es que los viejos tenemos dentro del pecho corazón de niño.

Y para callar a tu hermano recurriste al perrillo alborotador, a las gallinas que picoteaban en el suelo, precedidas del coquetón del gallo, a los estúpidos cerdos que corrían de un lado a otro.

Cuando el niño callaba, te quedabas pensativa. Tus ojos miraban los montes azulados de la lejanía, pero sin verlos; miraban las nubes blancas que cruzaban el cielo pálido, las hojas secas que cubrían el monte, las ramas descarnadas de los árboles, y, sin embargo, no veían nada.

Veían algo, pero era en el interior del alma, en esas regiones misteriosas, donde brotan los amores y los sueños...

Hoy, al pasar, te he visto aún más preocupada. Sentada sobre un tronco de árbol, en actitud de abandono, mascabas nerviosa una hoja de menta.

Dime, Mari-Belcha, ¿en qué piensas al mirar los montes lejanos y el cielo pálido?

VISITA INFORTUNADA

Anton Chéjov (Taganrog, Rusia, 1860 – Badenweiler, Alemania, 1904). Este escritor ruso cultivó el cuento y el teatro, abriendo ambos géneros a los nuevos caminos del arte del siglo XX. «Escribir bien es decir sencillamente cosas sencillas», decía, y, en efecto, a Chéjov le gustaba todo lo sencillo, lo auténtico y lo sincero. Sus cuentos son una especie de Comedia Humana rusa, donde aparecen los personajes más variados, humildes preferentemente, siempre retratados con una mirada tierna, comprensiva y llena de humor. Muchas veces son instantáneas sin apenas argumento que muestran auténticas escenas de la vida cotidiana. Entre sus obras de teatro: *La gaviota* (1895), *El tío Vania* (1899) y *El jardín de los cerezos* (1904).

Visita infortunada forma parte del volumen titulado *Cuentos completos,* publicado por la editorial Aguilar en 1966.

Un *dandy* [1] llega por primera vez a una casa. Va de visita. Le abre la puerta del recibidor una chica de unos dieciséis años, con vestido de percal y delantal blanco.

—¿Están en casa los señores? —pregunta el visitante a la muchacha, con gran desenvoltura.

—Sí, señor.

—¡Uuuh! ¡Qué capullito! ¿Y la señora, también está?

—Sí, señor —responde la joven ruborizándose.

—¡Mmmm! ¡Eres un bombón, pillina! ¿Dónde pongo el gorro?

—¡Póngalo donde quiera, pero suélteme! Es muy extraño...

—¡Vaya, vaya, no te pongas colorada, que no te voy a aplastar!...

Y el desconocido da un golpe con el guante en el talle de la chica:

—Oye, ¿sabes que no estás mal? Anda, ve y anúnciame.

Ella se pone del color de una amapola y huye hacia adentro.

«¡Demasiado joven!», piensa el señorito mientras penetra en la sala.

Allí le espera la dueña. Se sientan, charlan...

Minutos después atraviesa la sala la chica del delantal.

—Es mi hija mayor —dice la dueña señalando hacia ella.

Bonita situación...

---

[1]   Anglicismo, joven arreglado con afectación, pisaverde, presumido.

AUSTRAL